Six articles about Haizi

张清华

著

海子六讲

Six Articles about Haizi

人民文学出版社

图书在版编目（CIP）数据

海子六讲 / 张清华著.—北京：人民文学出版社，2023
ISBN 978-7-02-018055-4

Ⅰ.①海… Ⅱ.①张… Ⅲ.①海子（1964—1989）—诗歌研究—文集 Ⅳ.① I207.22－53

中国国家版本馆 CIP 数据核字（2023）第 120771 号

责任编辑	樊晓哲
装帧设计	李思安
责任印制	王重艺
出版发行	人民文学出版社
社　　址	北京市朝内大街166号
邮政编码	100705
印　　刷	北京盛通印刷股份有限公司
经　　销	全国新华书店等
字　　数	166千字
开　　本	880毫米×1230毫米　1/32
印　　张	8.75　插页6
版　　次	2023年8月北京第1版
印　　次	2023年8月第1次印刷
书　　号	978-7-02-018055-4
定　　价	79.00元

如有印装质量问题，请与本社图书销售中心调换。电话：010-65233595

张清华

山东博兴人，北京师范大学文学院教授，主要从事当代文学研究与批评。著有诗集《形式主义的花园》、散文随笔集《海德堡笔记》《隐秘的狂欢》、学术著作《中国当代先锋文学思潮论》等多部。

・1977年2月，海子（前排左三）高河中学初中毕业合影

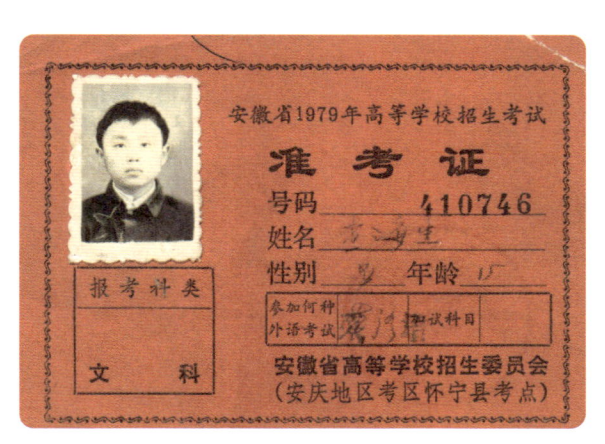

・1979年，海子高考准考证

·1984 年 7 月，海子北京留影（唐师曾 摄）

· 1988年4月,海子(中)与四川诗友宋氏兄弟合影

・1988年4月，海子四川沐川之行

・1987 年夏，海子在昌平

·1987年秋，海子在北京十三陵大红门墙前留影（孙理波 摄）

・1987年秋，海子在十三陵附近村庄留影（孙理波 摄）

·1988年暑假，海子在西藏留影

目 录

1　自 序

第 一 讲

1　一次性写作，或伟大诗歌的不归路：
　　解读海子的前提

第 二 讲

36　以梦为马的失败与胜利、远游与还乡：
　　海子诗歌入门

第 三 讲

74　疾病、疯狂、青春、死亡：
　　作为精神现象学的海子诗歌

第 四 讲

110　村庄、土地、大地、原乡：
　　海子诗歌的基本母题与美学根基

第 五 讲

150　"在燃烧的太阳和酒精中心"：
　　海子诗歌中的感性、身体与情欲

第 六 讲

188　"大地和天空是上卷和下卷合成一本的圣书"：
　　海子的文化写作与元写作

附录一：

226　黑暗的内部传来了裂帛之声
　　——由纪念海子和骆一禾想起的

附录二：

236　谈海子的抒情诗

附录三：

250　海子的读法

265　后记

自　序

无数次，因为某个机缘，我重新打开他。

这么多年，其实都很惧怕打开，但每一次打开，都有新的启悟，仿佛有什么在召唤，许多东西晦暗不明，许多东西则豁然开朗。

西川很多年前表达过类似的恐惧，我那时觉得这稍稍有些矫情。但这么多年过去，越来越觉得，他的感受并非虚夸。

你没有办法说清楚。他的诗歌并没有随他而去，他的被钢轨几乎分为两半的躯体，已经被黑暗收藏，并湮没于土地，那个他歌唱了一生的所在。但他的诗歌却如同黑夜里的青铜，在历经时光的擦拭之后，愈来愈富有质感，在某些情况下会更加熠熠闪光。他的诗句是处在生殖、生长的状态中，而且愈来愈通透，愈来愈澄明。

是的，澄明。他语言中的那些"硬块"在慢慢消失，并与其语境早已融为一体，变得浑然天成、天衣无缝。

  我不是他的生前好友，不是同窗，也不曾在他活着的时候有过只言片语的交流，没有文字交集，所以本不配来写什么纪念文字。但我是读者，一个在三十年来逐渐走近和走进的读者，甚至也可以说，通过文字渐渐有了某种精神的交会。所以，冥冥之中似乎也觉得，有那么一粒尘埃，沾着他的灵魂或者思想的一粒尘埃，偶然地来到了我的身上，抖落不掉，并如病菌一般蔓延。

  因此也便出现了不恰当的幻觉，觉得他来到了眼前。

  其实不是他来到了眼前，是他的胞弟查曙明来到了面前。如果海子活着，他会是什么样子，会是曙明的另一个版本吗？

  不太会。我意识到，曙明所过的，并非是纯然的知识分子生活，他所从事的是一个个体劳动者的生计。不是很富有，但豪爽，爱喝酒，很率真，也有天性中的质朴，尤其是还偷偷爱着诗。他们一家都爱着诗，毫不避讳。我曾经见证，当面聆听海子妈妈朗诵儿子的诗篇，那时她已80岁了，但一口气可以背诵下来《祖国（或以梦为马）》那么长的诗。她可以背诵海子很多诗篇。

  这也是一个异迹，一个母亲朗诵自己早夭的儿子的诗篇，那诗篇充满了悲情与死亡的信息，但已走入了伟大的谱系。作为迟暮的未亡者，那白发苍苍的母爱中包含了什么，足够我们泪眼婆娑。这母亲的伟大的爱，我虽然没有听懂三分之一，但我知道她在说着什么。

一盏暮年的灯，在行将熄灭之前的那种跳动……

打开海子的诗论，我每每都会吃惊。以我五十余岁的年纪、三十年研读诗歌的履历，还是未能一眼望尽，一览无余。在截至他去世的时刻，系统翻译的西方诗学著述尚未有太多，他已经提前来到了身后，在高处等待着那些后来者迤逦滞后的思想与著作的回声。

荷尔德林，尼采，凡·高，海德格尔……这些现代的哲人与诗人、艺术家，海子仅仅凭借着星星点点的只言片语，就与他们心领神会，在上帝的园子里与他们对话和交谈了。他们谈得如此深入，他们早已成为兄弟。

难以想象，那些庞杂的、艰深的哲学甚至玄学的论述，对海子来说为什么没有障碍？他依据什么？是神灵附体、精神的穿墙术，还是先知来到了他的身上，或是被上帝发出的闪电一下子击中？他的弥赛亚情结、被选择的使命感、作为先知与半神的气质，究竟从哪里来的？

问题太多了，我再说多，就显得幼稚和走极端了。

经常会碰到这样的谈论，会说那是青春写作，太简单了，真正的诗歌是比那更成熟和更丰富的东西。是的，没错，他们说的都对，但是诗歌的伟大与否，真的与年龄是没有太大关系的。老年的杜甫之所以臻于佳境，并非是因为他老了才"成熟"的，而是他努力坚持将自己的生命人格写入了他的句子，他坚持了失败者的心态与立场，不是成功或"成名"意义上的扬扬得意者。

而且，李白作为"诗仙"，早就树立了至高无上的例子。

兰波在差不多二十岁的时候，就已经完成了他作为诗人的使命，这与年龄看来也没什么关系。诗歌并非是随着年龄的增长，就必然越来越好的，越来越好那是特例，是在杜甫的手上。在李白那儿则不一定，在另外一些人那里，则完全没有可能。所谓"诗有别才，非关理也"正是在这样的意义上成立的。

海子只用四分之一个世纪，就已完成了人世中百年难成的业绩。换言之，人世的百年经历，也不够用来理解他、对他的作品与世界做出解释。

这真的无法比，也无须比。

西川在编辑完《海子诗全编》一书之后，在《编后记》中郑重地写道，假如说痛苦、恐惧还只是他个人心理的反应，还不足以妨碍他对海子诗稿的整理和编辑，而诗歌界一直存在的对于海子的怀疑，则是对他的判断力和道德勇气的一个考验。他说，自己刚开始着手编辑这部厚达近千页的大书时，甚至还缺乏对海子的理性认识，但"到1992年5月此书编竣，我已毫不怀疑海子作品的跨时代价值"。

跨时代的价值——西川依然说得比较含蓄，现在三十年过去，时间已表明了海子的意义。他的诗歌随着时间的延迁没有萎缩干枯，而是依然葳蕤蓬勃，显示出越来越傲人的光彩与生命力。他的语言一直是在生长中的，鲜活、澄澈，被时间磨洗得更加生气盎然，发散着生命临场和在世的气息。这也是奇迹，诗歌与真理的奇迹。

这部《海子六讲》，最初缘起于课堂上的某些乘兴发挥，以我之力，很多年来并未敢深入涉猎这一极地。但在1990年代的某一天，我好像忽然悟到了一点什么，在那部《中国当代先锋文学思潮论》的书稿中，谈到了一些关于海子的看法。因为那是一部整体讨论中国当代先锋诗歌与先锋文学的书，海子无法绕过、不可回避，便斗胆谈出了一些理解。

之后我意识到我的研读还属浅尝辄止，多年来并未敢于置喙。但最近的十几年中，我意识到在课堂教学中，面对海子不可以敷衍了事，因为他不只留下了值得吟咏的金句名篇，也是真正涉及从本体和哲学上理解诗歌、理解文学和艺术的宝贵话题。所以，解读海子无异于一次精神的启蒙，从他身上可以衍生出众多属于精神现象学的话题。而这些对于学生来说，是必须要承受的一次思想的历险，以及精神的洗礼。

所以，我冒着压力，抛弃了犹疑，试图在课堂上讲清楚这些不容易讲清楚的问题。随后又将课堂录音再度进行了提升和整理，最终形成了现在的样子。

  显然，讨论海子是一个足够危险的话题。这危险有多大，西川所说的那些阴郁的"死亡信息"，对我们这些与他不曾有真正精神交集的人来说，固然并不存在，但会潜移默化地影响到我们对人生和世界的看法；第二，海子并非没有争议，至今也还有人认为他被严重夸大了，给予他较高评价的人也同样会遭到攻讦；第三，谈论他，意味着话题必然会胀破其个体，会弥漫到哲学和形而上学的领域。要想说清楚这些问题，颇为不易，一旦说得不够严肃得体，亦会招致非议。

  不管怎样，我相信对于学生和诗歌的爱好者而言，还有海子的读者们来说，我说出了我想说的，至少可以作为一种看法、一种读法，供大家去品评、参考、批评、批判。

  我希望这是一次体现难度系数的动作体验，可以失败，可以有瑕疵，但不允许自己知其难而避之。海子在前，他一生所追求的，乃是精神的难度与危险，那么对于我们这些阅读和研究者来说，也同样没有理由躲闪。

2020 年 4 月 10 日，北京清河居

第 一 讲

一次性写作，或伟大诗歌的不归路：解读海子的前提[①]

天空在海水上

奉献出自己真理的面容

这是曙光和黎明

这是新的一日

阳光从天而降穿透了海水，太阳！

——海子：《弥赛亚·献诗》

[①] 本文及接下来的文字，是根据 2016 年和 2017 年春季在北师大"中国当代诗歌研读"课堂上的内容整理而来，所以具有口语和随机的性质。笔者当然也力求使之学理化，并言之有据，但无论如何它是一个课堂的产物，有松软的原始质地，在经修改之后，仍留有许多不够谨严之处，故请读者予以谅解并指正。

小引或说明

我必须小心面对我们所谈论的对象，不让这一谈论玄学化，同时也不降低它应有的匹配高度，但这是很难的。十到二十年前，我们可以很任性地谈论他，肯定或质疑，贬抑或神化，似乎都是不容置疑的权利，但在许多年后的今天，作为"同时代人"中的未亡者，作为这些历经多年而犹存的诗歌的资深读者，我们似乎已经再没有权利做任性的判断，而必须要慎之又慎地做出讨论。

马上就是海子殉难三十周年了，因此我必须确信，我不是在一个无关紧要的时刻谈论他。一个人的诗歌如果在其死后三十年中一直有增无减地被读者喜爱，那一定不是一件可有可无的事，我们必须弄清楚其中的原因。

看着海子的这张照片，我一直拿不准，从视觉上总有疑惑——这明明是躺在地上的一帧照片，他的四肢惬意地张开着，一脸天真的憧憬和自信，但是你有没有感觉他是在天空中？再看这张脸上还满是稚气，真的像一个孩子。这不奇怪，拍这些照片的时候，他也就是只有十五六岁、十八九岁——作为参照，各位再看看少年兰波，相信也会有同样的感觉。他们都在十分年轻的时候就结束——不，是"完成"了自己的写作，完成了自己的自我形象，以及非同一般的生命人格实践，这是我们必须要意识到的。

这不是一般的文本与写作现象，而是构成了"精神现象学意义"的创作。

海子1964年3月24日①出生于安徽省怀宁县高河查湾村，1989年3月26日，也就是在他二十五岁生日过后两天，在山海关附近卧轨自杀。这其中可能有一种定数，他可能有意识地选择了生日之际——"生日的泥土"，他其实早就将死亡想象与生日挂过钩了。但少许的犹豫或其他具体的原因，致使他拖后了两天。

生平属于常识，但我不得不重复如下信息：1979年，海子考入北京大学法律系，1983年夏季毕业，分配至中国政法大学工作。1984年第一次使用了"海子"这个笔名，1982年到1989年，七年时间里他创作了近两百万字的作品，死后总共出版了《土地》《海子、骆一禾作品集》《海子的诗》和《海子诗全编》等著作。1989年3月14日写下了差不多最后一首诗《春天，十个海子》，之后还有若干残篇。

很快就到海子弃世三十周年了。二十五岁就完成了使命，完成了百岁老人也难以完成的，是多么了不起的事情。上周，他的大弟弟查曙明来了，谈到了他哥哥和他的家庭，也让人不免百感交集。海子是

---

① 根据海子《源头与鸟》一文的结尾落款，为"1983.3.13生辰"，见西川编《海子诗全编》第972页。关于其生日也有其他说法，据海子家人提供的准确说法，是1964年3月24日，农历二月十一日。我们还是采信这一确定日期。

他们家的老大,弟弟查曙明是1967年出生的,也已五十岁了,前两年在北京做一个装修的小企业主,现在又回到了老家谋生。见到他已颇为沧桑的胞弟,不由我不感慨,一母所生,外在形象中有割不断的血脉,却是处身于完全不同的两个世界。

我平生未曾见过海子,所以不配做知人论世的评价,但我们尝试着进入他的世界①。

关于海子诗歌的定位与评价问题,历来有巨大的差异。有人只将其当作"青春写作"的个案;有人视之为"前现代"抒情诗人的典范;有人视之为旷世罕有的天才诗人;也有人言其为"皇帝的新衣"。之所以有这样相去霄壤的差别,在我看来是因为他确乎超出了一般的常识。

一、一次性写作,或作为"人本"的诗歌

我怎么看?我从前也曾犹豫,觉得自己拿不太准,把握不住尺度,但当我年岁越来越大,阅读的经历越来越多的时候,我渐渐坚定了自

---

① 此处展示了海子留下的几张有代表性的照片:他的母亲在海子的墓前给他放置了一个花环;海子的准考证,是我从网上找到的;全家福,唯独缺着他。据说有一张完全的全家福,但是网上搜不到;这是西川去他们家看望他的爸爸妈妈;这是别人给海子画的像;去年海子的父亲去世了,这个本来的六口之家又少了一口。

己的看法，那就是也认为海子是"创世纪式的诗人"。但这只是我的经验性的理解，要想说明白，让别人也听明白，又是一个艰巨的诗学问题。

一个非常丰富的存在，一个巨大的空间，也可以说就是一个世界。每当我进入并打开这个世界，再离开的时候，都强烈地感受到，海子可能是属于"以五百年为尺度"的那种诗人——这当然是一个比喻的说法，或者你可以认为我是在瞎说。因为五百年以后，我早不在了，你们也不在了，后人怎么评说，天知道，我们都不得而知。但是我们可以给五百年后的人们留下一个问题，就是五百年前，有这么一个人妄言：有一位诗人到今天还被人们谈论，被人们重视。现在，这话是不是靠谱，我们可以给出一个回答了。

但五百年后的人们究竟是怎么回答的，我们还是不知道。

但我依然觉得，海子是可以和中国历史上少数的大诗人放在一块儿来谈的，屈原、陶渊明、李白、杜甫、苏轼……和这些大诗人搁在一块儿，而这些诗人无疑都是以一千年或五百年为尺度的诗人。今年恰逢新诗诞生百年，历经百年至今天，我们可以大体认为她成长成熟了，但这有一个过程。不可能一下子到了海子，它需要前面有胡适，有郭沫若、李金发、戴望舒、艾青……还有当代的很多诗人。但这些诗人有的可以称得上是"时代意义上的"诗人，却很难有称得上是"文明意义上的"诗人，而海子，却是可以称得上文明意义上的诗人。

简言之，我觉得海子是在农业文明的背景下，在以农业经验为根基的一套话语系统中所诞生的"最后一位"大诗人。也就是说，在海子以后，再也不可能有农业文明意义上的抒情诗人了，他将这一伟大文明中的写作的可能性，在推到了极致的同时，也将之耗尽了。

其实近人早就有过"三千年未有之大变局"（李鸿章语）之类的说法，但这也有一个过程。至上世纪末，我们似乎可以说，历经三千年——或者甚至五千年的农业文明，已经走到了尽头，处于真正分崩离析的境地，随着世界性工业时代的到来，它的文明背景和话语系统、一整套象征符号系统也已陷于土崩瓦解。而海子应该是"最后一位"出色且自觉地使用农业文明背景下、农业经验根基上的抒情话语的诗人。之所以敢于这样说，或许是出于一个巨大的错觉，但确乎是在文明的意义上做出的一个判断。借用恩格斯对但丁的评价，"中世纪的最后一个诗人，也是新时代的开始的第一位诗人"[①]，我似乎也可以说，海子是农业文明背景下的最后一位诗人——甚至也是工业时代到来的最初一位诗人。后者似乎不如前者那样可以成立，但既然是农业时代的最后，当然也是工业时代的最初，这个逻辑应该是成立的。他的全

---

① ［德］恩格斯：《共产党宣言·意大利文版序言》1893年2月1日。

部写作是对于农业文明及其经验的"整体性的",也是"最后的挽歌"式的处置,一种以身殉诗式的、献祭式的处置。

要想正确解读海子,我主张要设置一个前提,这个前提就叫"不可解读性"。这有点矛盾,如果把握不好尺度,就显得是一个"伪问题",无论是海子所提出的"伟大诗歌"的问题,还有他的"不得已的长诗"的问题,都需要一个限制、一个前提、一把钥匙。

首先,海子的长诗是有争议的,有人认为是了不起的伟大作品,有人则认为是唬人的"皇帝的新衣"[①]。这几部长诗,我敢说,迄今为止在全中国并没有多少人认真地通读过;即便是通读过的人,"读懂"了的——敢于言之凿凿地这么说的人,我没听见过。当然还是会有的,我坚信有人读懂了。最近我看到了毕业于北大的诗人西渡的一部著作,叫作《壮烈的风景》[②],也是他的博士论文,应该是真的读懂了。西渡当然也是老大一把年纪了,是 1960 年代后期出生的,刚刚读了清华大学的博士。他的博士论文我看了,我觉得他可能是为数不多的通读且读懂了的高人之一。

---

① 高波《"海子神话"与"文学知识分子"心态》,《厦门大学学报》(哲学社会科学版) 2009 年第 4 期。1990 年代即有人在报纸上发表此类观点,2007 年又有自称为海子大学同学的一位名叫刘大生的人发表了《病句走大运——从海子自杀说起》一文,在网上广为传播。

② 西渡:《壮烈的风景——骆一禾论、骆一禾海子比较论》,中国社会出版社,2012 年版。

但我依然觉得，海子的长诗从本质上还是一些"未完成的诗歌"。这不是从个人的写作能力和理解力的意义上来说的问题，而是就海子的诗歌观而论。因为海子的诗歌观是非常独特的。他在《诗学：一份提纲》一文中有一节，叫作《伟大的诗歌》。《伟大的诗歌》中有一句话，叫作伟大的诗歌是"主体人类在原始力量中的一次性诗歌行动"，它"不是感性的诗歌，也不是抒情的诗歌，不是原始材料的片段流动"。我理解，"伟大诗歌"这个东西显然不是"文本意义上的某一首诗"，而就是指"一次性的诗歌行动"①，说穿了，就是一次壮烈的、作为文化英雄的、献祭式的行动。正如在同一篇文章中的另一句话："从荷尔德林我懂得，诗歌是一场烈火，而不是修辞练习"。②当然，"未完成""不可解读""一次性""伟大诗歌"这些概念互相关联，也至为缠绕，难以一下子说清。我应该引用雅斯贝斯的说法，它和海子的说法非常接近。雅斯贝斯说，"伟大诗歌是一次性的写作，是一次性的诗歌行动，是毁灭自己于作品之中"，"是毁灭自己于深渊之中的一次性的诗歌行动"③。这个意思和海子的

---

① 海子：《诗学：一份提纲》，见西川编《海子诗全编》，上海三联书店，1997年版，第898页。
② 海子：《我热爱的诗人——荷尔德林》，见西川编《海子诗全编》，上海三联书店，1997年版，第917页。
③ [德]雅斯贝斯：《斯特林堡和梵·高》，今道友信《存在主义美学》，辽宁人民出版社，1987年版。

表述是非常接近的。

我不确定海子是否读过雅斯贝斯的书,了解到雅斯贝斯的这个论断,但海子的说法与雅斯贝斯是如此惊人的一致。而且我们还可以联想到德里达的一个说法。德里达有一本书叫作《文学行动》①。什么是"文学行动"呢?它主要是就"非传统文本"而言的。所谓"非传统文本",有似"非传统安全"之类的概念,"传统安全领域"指的是国防、国家安全、战争等,这些是"传统安全"范畴中的问题;而"非传统安全"则是指海盗、地震、海啸、大范围疫情,这种集体性的灾难,比如现在正在闹的"寨卡",非洲的"埃博拉",前些年还闹过的"SARS"之类,都属于"非传统安全"问题,现在国家间的合作非常多。那么德里达所说的"非传统文本"这个概念也很有意思。他说,"现代以来的很多非传统文本,是建立在关于文学的一种'末日想象'之上的",大意如此②。什么是"非传统文本",就是那些充满了行为艺术色彩的文本。行为艺术各位都知道,是在文本之外加以行为的诠释,比如光膀子弹吉他之类。行为艺术的范畴非常广,前些年有一位叫曾德旷的诗人,他的行为艺术是吃蛆,身上挂着一块牌子叫"我有罪,我写诗",把不知道从哪里捞来的蛆,当众吃到嘴里,别人拍下来展示,

---

① [法]德里达:《文学行动》,赵兴国等译,中国社会科学出版社,1998年版。

② [法]德里达:《访谈:作为文学的奇怪建制》,《文学行动》,赵兴国等译,中国社会科学出版社,1998年版,第8—9页。

这就是行为艺术。当然也是一种"行为文学""行为诗歌",用德里达的说法即是"文学行动",这类作品自然也就是所谓"非传统文本"。它们往往诞生于关于文学的一种末日危机的想象之中,即想象"文学死了",传统的写作完蛋了。只有在相信这样一种传统文学难以为继、经典的文学样式不复存在的情况下,才会做出这类吓人的事情,将文学事件化。

显然,传统的文学是"文本"存在,即伟大诗篇和经典不可撼动地矗立在那里。但对于屈原这样的诗人来说,我们还不能完全把他作为一个"文本意义上的诗人",他同时还作为一个"人格意义上的诗人",甚至"行为意义上的诗人"。过去我们只会概念化地说,他是一位"伟大的爱国者"。但从人格意义上,我们仍然可以认为他是一位纯粹的、有人格洁癖的诗人,他用自杀践行了他的《离骚》这样的伟大诗篇。因为《离骚》塑造了一个伟大的抒情主人公的形象,"世人皆醉我独醒,世人皆浊我独清",他的心里满怀着悲伤和愁绪,他的身上挂满了香草与鲜花。这可是一个大男人的形象,假如我们从高贵的方面去理解的话,他是一位有着精神洁癖的、一个非凡的人;但换一个角度看,他也是一个有着类似精神分裂症状的,有着忧郁症和自恋狂式症状的这么一个人。要看我们怎么来理解。我一直主张,文学的理解必须是关于人性的至为丰富和复杂的理解,而不是概念化的一种框定。假定你只把屈原理解为一个伟大的爱国主义者的话,那文学的理解可能就止于这样一个概念了；必须要把他放在一个"精神现象学"的范畴去考察，放在一个非常复杂的人格构造里去观照，屈原才会被作出稍稍准确和客观的认识。

在我看来，屈原不只是文本意义上的一位伟大诗人，同时也是一位人格意义上的伟大诗人，两者是互为见证的。这样说的意思是，假如诗人写出了《离骚》，却还苟活在这个世界上，那就显得太矫情了，这首诗大可以质疑；但屈原愤而投身汨罗江，以死殉国，以身殉诗，就引得世世代代的人们都在崇敬和纪念他。那就不一样了，不服气的就试试看，你有本事写出《离骚》，且能够践行其伟大的人格理想，你能吗？不能。而且即便你这样做了，别人也不会相信，你也成不了屈原，因为屈原只有一个。雅斯贝斯说了，"伟大的诗人是一次性的写作"，是"不可摹仿"和复制的；海子说的也相似，是"一次性的诗歌行动"，所以你看海子死后有多少人模仿，但却不能再成为海子。

2014年有一位诗人自杀了，他的名气不是很大，叫卧夫。我曾专门写了一篇文章怀念他，文章题目叫"怀念一匹羞涩的狼"。因为卧夫就是狼，就是"Wolf"。但他不是那种凶残和张扬的狼，而是一个很谦虚的，非常内向、低调甚至羞涩的狼，活着的时候几乎没有什么人关注过他。突然有一天自杀了，人们才忽然意识到失去了一位朋友，而他也是一位不错的诗人。他生前是一个海子的崇拜者，一直热衷于出钱做有关海子的诗歌活动,包括修葺海子的墓地,他都出过钱。他或许也是患上了忧郁症,在怀柔的山区自杀了。他的自杀本身是模仿海子的,但自杀的方式则不一样——他创造了一种方式,把手机关掉以后扔掉,一个人爬到怀柔燕山的山顶,把衣服脱光,不吃饭,不喝水,冻饿而死,困厄而死。他在他的诗歌中甚至写道:"活不过顾城。死不过海子。"显然他也有强烈的"一次性生存"或者"一次性写作"的冲动。但有一点,死亡与伟大诗歌的文本必须有一个匹配关系,我并非不尊崇卧夫,但又必须说,他并未能够成为海子式的诗人。

说了这么多,我的意思是说,"伟大的诗歌"不是单纯指文本意义上的诗歌,而是人格意义上的、生命人格实践意义上的诗歌,但它是文本与生命相统一的诗人。

二、创世纪、神的言说,或者词语的还原

关于海子的长诗,有一点,过去我们可能并未明确认识到,就是与1980年代前期寻根诗歌,特别是杨炼诗歌的某些互文性关系的痕迹,特别是《半坡》《敦煌》《诺日朗》,还有《�》[①]的关系,这一点我只是隐约预感到,并没有做实证研究。《太阳·七部书》("七部书"

---

① "昻"为杨炼自创的字符,为"日"与"人"的合一,读音为"yi",同"易"。

是一个总称）和杨炼的《罢》之间，有一种明显的互文、过渡或是致意的关系。但同时很明显地，海子是以"高于杨炼式"诗歌的写作为追求的，因为他与传统文化之间不是一种阐释和衍生、比拟和仿制的关系，而是高度的还原，一种对"史前文化"——亦即"存在"的还原。这一点与1980年代中期活跃在四川的"非非主义"和"整体主义"群落之间，是有内在联系的。

具体地说，杨炼的写法是一种吟咏，他通过对于"陶罐""飞天"这样的符号的反复展开，进行一种叠加式的、能指重复的吟咏，逐渐"累积"其阐释的丰富性或深度；而海子的写法则是一种创生和还原，他不针对这些符号本身，而是针对共同的物质与文化的古老原型。杨炼和江河的写法，比如"我就是纪念碑（或者'我就是什么……'）"这种句式和角度，还有《大雁塔》中杨炼的那种抒情，还有《半坡》《敦煌》中的抒情，一直都没有摆脱这种将自我加入其中的修辞，而海子也常用这种方式，但《太阳》中的隐喻则是本体性的。海子仿佛就是神，是造物主直接在言说，或直接现身——神直接现身了，当然是"神在说话"，是神的话语。而在杨炼那里则是"人的话语"，是"智者之言"，是人对神祇充满崇拜和信仰的话语。

当然这说法也未必准确，一个诗人所抵达的深度，说到底还是他本人的话语深度。但海子的话语中，我们至少可以看作是"拟神性"的，即他在摹仿神的说话，摹仿得太像，便可以认为是神的话语。因此,关于"伟大诗歌的不可解读性",便是指试图创造一种"主体人类突入原始力量的一次性诗歌行动"的努力。这个话很玄,其实形象地说,就是"盘古式的写法"——盘古挥动着他的斧头开天辟地,创造了一切生命的存身之所。"开天辟地"就是意味着世界和历史的诞生,也就是语言的诞生,就是最早的话语的出现。但盘古并不负责阐释,他只是言说。我在多年前的一篇短文曾写道:"闪电好比宇宙之中,在黑暗的天际亮起的一道光,我们可以把它理解成盘古挥过他的斧头,劈开了黑暗的未经命名和照亮的存在,他创造了第一个词:'哦! 闪电。'"[1]他脱口而出,说出了"闪电"这个词,那么也就意味着语言诞生了,意味着世界诞生了,因为人类的认知诞生了,世界才会诞生。这不是唯心主义,而是一种拟喻式的说法。在没有语言之前,在没有人类思维之前,哪里有"世界"?所以我们的说法是象征的。盘古开天辟地不是完全意义上的虚构的事件,而是一个事实,它拟喻了语言的诞生。总有一个开端,一道耀目的闪电在天际照亮,我们的先人此刻打了个寒战。因为暴风雨即将到来,天地间即将爆发的那种景象,与他的情绪反应产生了内在呼应,给了他一种巨大的启示,让他充满了对自然和神的畏惧感。他说出了这个词,就意味着开天辟地,洪荒时代结束了。光明、曙光、闪电之光,开始彰显,

---

[1] 张清华:《隐秘的狂欢》,山东友谊出版社,2006年版。

照亮黑暗的存在，这就是所谓"主体人类突入原始力量的一次性诗歌行动"，就是最早的一首诗了——"哦！闪电"。因为闪电是一次性的，闪电是不可修改的也无法重复的。这篇短文是我对于诗，对于语言和存在的一种理解，一种解释方法，大约和海子的说法也有某种暗合吧。

所以说，诗歌是人与原始力量与元素的相遇，或者拥抱。普希金说"大海，自由的元素"，我们过去只是从浪漫主义、革命者或者伦理化的一种视角去理解，如今看来便显得浅显了。事实上大海是一种原始力量的化身或者象征，普希金所看见的大海，不只是浪漫主义者的美妙幻象，而是宇宙间的一种精神，一种不可抗拒的古老力量、存在的元素之一。而当人与原始的力量相遇的时候，诗人就不再是他自己，而是变成了一个天地间的言说者，一个神祇式的角色。

古希腊的诗歌源于酒神（狄奥尼索斯）的独白或者朗诵，自来便带有神性。而中国的"诗"这一汉字中，也包含了"言"与"寺"的一种合一，即"言说神性的话语"，或者"在具有神性的语境中言说"，两种情形都意味着"神""神性""神的言说"。因此，诗歌就其本质而言是神性的，但在其孕生与演变的过程中，也与世俗生活有了接洽的边界，有了其世俗化的一面，但那说到底也只是诗歌的一些边缘化特征，其核心的精髓依然是对神祇的摹仿。

按照我的理解，诗歌可能由高向低，有几个不同的层次：神的言说，半神的言说，英雄（高于普通人，但已不是神）的言说，人的言说，非人的言说，依次降解。但在这个过程中，"酒神"或者"佯疯"一直是一个凭借或者通道，所以大致上"装神"是古代和近代的写法，"弄鬼"则是现代的写法，诗人会通过"扮演"不同性质的角色，来定义其写作的性质，并且完成不同类型的文本。但在这个过程中，诗人的能力具有决定性的作用，有的人的角色感与其写作能力之间并不匹配，所以写出来的东西也是没有意义的。

海子的诗歌，尤其是长诗，显然都具有强烈的神性意味。他是试图用盘古的方式，用了第一人称"我"的视角与方式，揭开这个星球上最原始的场景，那些古老的元素，诸神的化身，其对抗、对话、互融、交集与互否的关系，以此来实现"创世"的叙述。在早期的《河流》等诗中，他是用了独白或夜曲的方式，以安静而又温柔的节奏来讲述，而在稍后的《太阳·七部书》里，则使用了戏剧的形式，分角色来呈现诸种"原始力量"的互动。

但这并不容易，海子试图写出这样的史诗，超越荷马和有史以来的伟大诗人的叙述，完成一种类似"非非主义"者所说的那种"前文化"[①]的表达。但一旦付诸实施，写作的过程、词语无不受制于文化的规定性，

[①] 1986年现代主义诗歌大展中的非非主义的主张为："非非，乃前文化思维之对象、形式、内容、方法、过程、途径、结果的总的原则性称谓。"见《诗选刊》1987年第2期。

而诗人很难在根本上超越这些规定性,所以所谓的"伟大诗歌"也就很难真正生成为"文本",而更多的是停留在未完成的想象上。有批评家比喻说海子的长诗是一个未完成的"工地"或者"废墟",也就有其道理。

> 姐妹们头顶着盛水的瓦盆
> 那些心
> 那些湿润中款款的百合
> 那些滋生过恋情和欢欢爱爱的鸳鸯水草
> 甚至城外那只刻满誓言的铜鼎
> 都在挽留
> 你还是要乘着夜晚离开这里
> 在窄小的路上
> 我遇见历史和你
> 我是太阳,你就是白天
> 我是星星,你就是夜晚

这是《河流·春秋》的第一节中的诗句。连我也很难不怀疑,经由这样的场景和诗句,伟大诗歌能否真的变为现实。这其实就是语言的现实状况,言说的现实材料与处境,在这样的局限之下,写作者的理想是否还要坚持？

请注意：海子的关键词是"一次性"，是"主体人类突入原始力量的一次性的诗歌行动"，这意味着它是不妥协的，所谓一次性就是不可复制性。诗歌行动、原始力量，它首先表明这其中的主要原则是同时具备行动性，即文本与诗人生命人格实践的一体性和互证性。从这个角度说，在《离骚》和屈原的自杀之间是互证的，要不然《离骚》就是"虚伪的作品"。余华不是有一篇文章叫《虚伪的作品》[①]吗？屈原之所以是伟大诗人不只是因为他写出了伟大的文本，更重要的是他实践了他的伟大文本，用他的生命人格实践。第二是强调其不可复制性，所有的摹仿都不具有相等的价值。第三是关于诗歌内容的原始属性与原型、原始力量、原始材料以及原始存在等等的对等关系。就是诗歌与天地，与古老原型与物质之间的拟喻关系、还原关系。

这个还原也很玄。我举个简单的例子，我有一次偶然读到了一位老干部的诗，写的是"旧体"，但语言却完全不匹配，是类似于"公文体"的句子——比如"三中全会形势好，退休生活乐陶陶"之类，他叫我提意见，说你是大学教授，又懂诗，你能不能指导我一下。我很为难，一方面得表示鼓励，另一方面又不能不说实话，我就说"你得学习语言的还原"。他说怎么还原，我说你把陶渊明的诗每天读一首，试一下。

---

① 余华：《虚伪的作品》，《上海文论》1989 年第 5 期。

后来他再写出的就成了"方宅十余亩,草屋八九间"之类的东西,不再写"退休生活乐陶陶"了。但是他又说,这个好像也不真实啊。我这个"少无适俗韵,性本爱丘山""狗吠深巷中,鸡鸣桑树颠"上哪找去啊?我说,这写诗就是要还原,虽然你住的是政府的小区、单元楼,但不也要给它起个名叫"茅庐"之类吗,或叫什么"轩""阁""斋""庵"之类,这就叫还原。就是说,你只有将语言还原到这个地步,你写的旧体诗句子才能称得上是"诗",否则就是用公文编制的顺口溜。但是还原的层次不一样,他还原到了陶渊明的模仿者,而伟大诗人却是要还原到海子所试图达到的那个地步。

所以海子的痛苦在于其伟大诗歌的构想与语言的文化规定性之间的冲突,语义很难上升至与伟大的原型的诗歌相匹配的程度。在这种情况下,海子不得不经常暗示自己以身相许以死献祭,来实现语境的升华和圣化。

但海子还是部分地抵达了伟大的还原之境,至少是在某一时刻,他的语言具有了穿透历史与时间规限的品质——

千年后如若我再生于祖国的河岸

千年后我再次拥有中国的稻田 和周天子的雪山 天马踢踏

和所有以梦为马的诗人一样

> 我选择永恒的事业
>
> 我的事业 就是要成为太阳的一生
> 他从古至今——"日"——他无比辉煌无比光明
> 和所有以梦为马的诗人一样
> 最后我被黄昏的众神抬入不朽的太阳

"中国的稻田"和"周天子的雪山"成了这"天马语言"的符号、语境与词根,它们和"日""黄昏的众神"一起,完成了伟大诗歌语言的再造。我希望大家把这首《祖国(或以梦为马)》背下来,下一次咱们先齐诵屈原的《离骚》,李白的《将进酒》,再齐诵海子的《祖国(或以梦为马)》,或许你会理解什么是伟大的汉语,会知道什么是伟大的诗歌。

伟大的诗歌某种意义上就是在语言上有高度还原性的诗。

藉此你会找到语言的根,或者语言的"格"。"万人都要从我刀口走过,去建筑祖国的语言","万人都要将火熄灭,我一人独将此火高高举起","我藉此火得度一生的茫茫黑夜"这样的句子,就是类似"君不见黄河之水天上来,奔流到海不复回。君不见高堂明镜悲白发,朝如青丝暮成雪"一样的句子。就是类似"灵氛既告余以吉占兮,历吉日乎吾将行","为余驾飞龙兮,杂瑶象以为车",就是"邅吾道夫昆仑兮,路修远以周流"一样的句子。它们之间是有血脉传承的，是可以彼此呼应的。这就是还原，也是致敬。

三、时空问题，伟大诗歌的不可解读性问题

关于海子诗歌的一个很重要的问题，如前所述，是它的"不可解读性"。不可解读性当然也是比喻的说法，意在说"伟大诗歌"这个概念，必是与写作者的抱负连在一起的。因为其意图之大、寓意之繁，难以在本质上求解，也难以在写作中生成，在生成之后也难以抵达真正的理解。

显然，伟大诗歌的形而上学性质，并不意味着它是一个玄虚和空洞的东西，它需要巨大的时空支持，这也可以作为一个诗歌的研究命题，就是诗歌中的时空问题。伟大诗歌自然涉及不寻常的时间与空间尺度。在海子的诗歌里面，我们可以看到地理上的巨大跨度，横跨亚非欧大陆，涉及两河流域，恒河、黄河、长江流域、中华文明、古埃及、希伯来以及欧洲的文明，都在他的长诗的空间格局中出现，这也是之前的所有史诗所不具备的跨度。显然他是要通过巨大的空间来建立他的史诗性，但这种史诗的空间化以及"非时间性"构成了他的特色，或者说，通过将史诗予以非时间化的处置，而使之变成了"文化史诗"，甚至"哲学寓言"。因为传统的史诗是一种时间叙事，"史诗"嘛，

自然应该有"史",但在海子的现代史诗里,主要是依据空间的范畴。他以此解构了"时间型的史诗"。

为了帮助理解,我找出了中国新诗历史上有较大空间跨度的诗歌例证,让我们往前回溯一下:郭沫若的《地球,我的母亲》《立在地球边上放号》《我是一条天狗》《凤凰涅槃》……这些诗都有很大的空间跨度。郭沫若的诗之所以带给我们很大的震撼,主要是由这种新的天体空间感、新的世界观、现代性的天文与地理认知带来的。它与"五四"时期广泛的启蒙思想传播是匹配的,并非仅仅是"浪漫主义想象"的产物。如果仅从"想象力"的角度来理解它,未免太表面了。这些巨大的认知坐标,使其他仅玩弄修辞与个人情调的写作,显得黯淡无光。

众所周知,"五四"时期还有以胡适为代表的,以沈尹默、刘半农、康白情、周作人等这些北大的教授和学生,也都在写诗,都是属于草创期的"尝试",他们的白话诗说难听点都是很无趣的,在想象力上是很弱的。而郭沫若的诗一出现,以巨大的时空跨度,带着呼啸而来的力量,可以说给处于草创期的新诗,带来了一个相对比较强大的形象,和一个想象,是非常有震撼力的。

当然,海子的诗和郭沫若时期的想象相比,大家自然能够判断出谁写得更好,这个好自然也是一个进化的过程,不可能一出现就写得那么好。这是郭沫若的《地球,我的母亲》:"地球,我的母亲!天已黎明了，你把你怀中的儿来摇醒，我现在正在你背上匍行。地球，我的母亲！我背负着我在这乐园中逍遥。你还在那海洋里面，奏出些音乐来，安慰我的灵魂。地球，我的母亲！……"后面很长，想象力是恢弘的，但语言似乎还有稚嫩之处。这一首是艾青的《太阳》，也有比较大的跨度，但可以说写得就比较好了，我曾说过，在新诗诞生以来，能同时呈现诗歌两大母题的诗人并不多，可能艾青是海子之前唯一的一个。在这首诗里面，"太阳母题"和"土地母题"同时出现，是非常难得的，一个父本，一个母本，两大原型主题在新诗中同时展开。太阳象征着认知、创造、真理，高高在上的王的统治，是一个父本的原型；土地象征着存在的本源与母体，也是存在本身，是收容一切的去所，也象征着死亡与混沌。"从远古的墓茔，从黑暗的年代"——先是一种时间感，很长，"从人类死亡之流的那一边，"既是时间又是空间，"震惊沉睡的山脉"，这个山脉是空间，但是"沉睡"又赋予了它以漫长的时间感。"若火轮飞旋于沙丘之上，太阳向我滚来"，太阳扑向我们，或者是万物生命扑向太阳，"它以难遮掩的光芒，使生命呼吸，使高树繁枝向它舞蹈，使河流带着狂歌奔向它去……"这个语感比之郭沫若的语感，就显得成熟多了，"现代"得多了。

假如说郭沫若的诗让人感觉有那么一点虚张的话，那么艾青的语言和语感，就让我们觉得落到了实处，真正有了诗性。"当它来时，我听见冬蛰的虫蛹转动于地下，群众在旷场上高声说话"，这里又涉及那个很重要的一个问题——还原，语言的还原。我们看到，艾青非常擅长语言的还原，这首诗里所有的语言都是古老的，将现代的语言还原到它最古老的原始的原型，就显得更为博大，有了更巨大的时空感、历史感。"冬蛰的虫蛹"，这些冬眠的虫子，让我们想起了《诗经》里的很多词汇。"群众在旷场上高声说话"，"群众"在这里似乎是一个比较现代的词，但给人感觉又是很中性和古老的，它把广场上人的社会属性取消了，不管你是什么人，此刻在旷场上高声说话，就感觉与生命在旷野上活动是一样的。"城市从远方用电力与钢铁召唤它"，这是两个现代的意象，"城市"之前诗人都是写农业经验、农业经验背景下的事物，而钢铁是工业范畴和现代文明范畴中的形象，是很难处理的，所以我说海子是农业经验背景下最后一位抒情诗人，以后再也没有了。这个意思就是说，在使用农业经验、自然背景下的语言已经走到了尽头，我们今天的人，再想用农业经验和自然背景下的话语来书写已经非常难了。因为今天通过微信、电子媒介获得的语言，已经完全变成了一种流行语言、媒介语言，我们语言之根已经"皮之不存"了，我们现在得到的都是鸡毛蒜皮的毛，"毛将焉附"是一个巨大的问题。所以，写作对于我们来说，最根本的一件事情就是找回我们的语言，找回我们语言的根性，还原它。

所以，我认为艾青的语言，可以说显现了一种卓越的能力："于是我的心胸被火焰之手撕开。"这使我们看到一个把自然和自我融为一体的意象，太阳从东方越出了地平线，仿佛撕开了一条伤口，一颗太阳从中跳出来，这无疑是说的自然景象；但同时它也是说，我的生命主体的人格受到真理的感召，所以要把自己的肺腑，把一腔热血与青春激情奉献出来，要用手撕开胸膛，掏出那颗心放在天地之间。这是一种内外统一的意象。"陈腐的灵魂，搁弃在河畔，我乃有对于人类再生之确信。"太阳出来，这个世界仿佛获得了新生，对于诗人来说，他自己也获得了一次生命的再生。此刻，他获得了一次灵魂出窍的、思想升华的、生命再造的一次难以传达、难以表述的个体重生的经验。

再看海子，我这里选了他的长诗《弥赛亚》的节选。"弥赛亚"是东正教里面耶稣基督的另外一个翻译，在希伯来语中的意思是"受膏者"，被上帝选中的人，也即负有崇高使命的人。它是要歌颂救世主，歌颂先知，"谨用此太阳献给新的纪元！献给真理！"仿佛又看到郭沫若的痕迹了。"谨用这首长诗献给他的即将诞生的新的诗神，"让我们仿佛看到郭沫若和艾青的一个双重的合体。"献给新时代的曙光"，这是1980年代的青春气质，当然也是他自己的青春气质，"献给青春"。这是他自己青春气质的书写，也是他对于自然万物、天地造化、神、诸神的献诗——"天空在海水上，奉献出自己真理的面容，这是曙光和黎明，这是新的一日。"海子年轻的语言，也能够看出他的巨大的还原属性，他使用的语言都是最质朴、最原始、最根部的。"阳光从天而降,穿透了海水。太阳!在我的诗中,暂时停住你的脚步。让我用回忆和歌声撒上你金光闪闪的车轮。"这里有很多来自希腊神话,或是其他神话里的东西。"让我用生命铺在你的脚下,为一切阳光开路,献给你,我的这首用尽了天空和海水的长诗。"这是开篇的一段话。

这里涉及一个问题:即"现代史诗的非历史性"。简单说,海子的史诗写作从根本上是一种文化文本、哲学文本,它名为史诗,实际是一个文化文本。我们知道,文化和历史的区分,简单地说是——举一个形象的比喻,历史好比是河水,因为河水是动态的,是奔流到海不复回,是自天上而来的动态特征,这是时间、是历史;文化呢,则是这条河的河床,河床是静止的,是河流的沉淀物,它是共时态的。我们研究河流的历史,其实就可以研究河床。研究水文的人,是通过对河床的考察来研究水文的变化,这我们都能看出来,就是普通人通过看岸边被水冲刷的痕迹,也能看出是否发过大水。现在科学家研究地球的气候变迁,是到南极去,用空心钻,向下钻几千米,把地下冰川的冰柱取出来,看一下它的结构,就能看出亿万年来地球的变迁史,这就是通过科学来感知历史。同样的道理,即使是描述历史,也可以把它创作成一个文化文本,这也是当代寻根文学、寻根诗歌创造的一种模式。杨炼、江河等人的写作都是如此,深受他们和四川"整体主义"群落影响的海子,也同样擅长这种方式。所以说,它是"史诗",

但却是哲学或者文化文本,而不是历史文本,它不讲述历史上的那么多有头有尾、有案可循的事件,但仍然可称为史诗,因为没有另外一种说法。所以诗歌中充满了史前意味的事物与材料,语言也具有史前意味,是一种难以忽视的语言法理之外的修辞,语义具有反文化、反表达和"反所指化"①的倾向。

这些看起来很理论化,但也并不难解,海子通过把语言还原为"史前形态"——当然是模拟的史前形态,来试图完成不可完成的工作。"非非主义"诗人曾经有一个奇思妙想,我认为在实践层面上他们是失败的,但在理论上则非常具有意义,是异想天开的灵感。比如他们认为,我们语言中的很多词语都积淀了太多的文化含义,或者说,我们的语言已"泛文化化"了。像月亮这个词,在汉语词汇中可谓积淀了太多的东西,历代诗人赋予了它太多的含义,比如张若虚的《春江花月夜》,它赋予了月亮一种浩茫无际的宇宙追问,个体的孤独的存在和永恒的大自然、永恒的存在之间的相遇,"谁家今夜扁舟子,何处相思明月楼?"这个个体与自然之间,主体和客体之间的一种相遇,产生的是一种迷茫、伤怀,一种缅想和追问,但都是无解的、惆怅的,这是中国诗学的一个非常重要的、非常核心的主题。那么张若虚之后又有李白,李白的"花间一壶酒,独酌无相亲。举杯邀明月,对影成

---

① 整体主义、非非主义、新传统主义等群落的主张,见《现代诗群体大展》第一、第二、第三辑,《深圳青年报》1986 年 10 月 21 日、23 日。

三人",还有"床前明月光,疑是地上霜。举头望明月,低头思故乡",它赋予了明月思乡的含义,追问宇宙存在的含义,孤独的含义,还有饮酒的冲动,飘飘欲仙的想象……这些都和月亮联系在了一起。还有苏东坡,"明月几时有,把酒问青天,不知天上宫阙,今夕是何年……"也是把张若虚、李白的诗意再度强化。有了这些诗,在之后的诗人笔下,月亮就无法回避,也几乎无法再写了。

再牛的诗人也超不过他们,所以,语言既是在不断丰富当中,同时也冷却和固化了。那么对于非非主义诗人和主张平民诗学的一帮青年诗人来说,就认为,如何写月亮已成为一个问题,当"月亮"这个词出现的时候,所有的关于月亮的"所指",词语中的积淀、语义的累积,都横亘在你面前,无法回避。所以他们只好说,"你很高……你很大,很明亮,你背着手,把翅膀藏在身后"(韩东:《明月降临》)。当这样说的时候,意味着它越过了之前的诗人们赋予的月亮的那些含义,也同时意味着他们把自己逼到了墙角。如果说前者是"高富帅",他们就必然要变成"矮穷挫",就变成了"屌丝",语言的屌丝和屌丝的语言,这是一个很有意思的问题。

显然,如何超越前人,作为一个问题就摆在了海子面前。唯一的解决办法,就是模拟一种返古。你不是古老么,我就回到史前;凡是遇见繁盛的,古代的盛世气象,我就干脆回到洪荒之前。荒凉的,那种《红楼梦》式的,开头和结尾共同重复出现的"大荒"的情景。想象什么是大荒的情景,你就能够知道海子诗歌的语言,特别是海子长诗的语言,它的使用和指向。

这是海子长诗《太阳·诗剧》的节选:

(选自其中的一幕)

地点:赤道。太阳神之车在地上的道
时间:今天。或五千年前或五千年后
　　　一个痛苦、灭绝的日子。
人物:太阳、猿、鸣。

司仪(盲诗人)
"多少年之后我梦见自己在地狱作王"

我走到了人类的尽头
也有人类的气味——
在幽暗的日子中闪现
也染上了这只猿的气味
和嘴脸。我走到了人类的尽头
不像但丁。这时候没有闪耀的

星星。更谈不上光明
前面没有人身后也没有人
我孤独一人
没有先行者没有后来人
在这空无一人的太阳上
我忍受着烈火
也忍受着灰烬。

我走到了人类的尽头
我还爱着。虽然我爱的是火
而不是人类这一堆灰烬
我爱的是魔鬼的火 太阳的火
对于无辜的人类 少女或王子
我全部蔑视或全部憎恨
……

看看它的时间和空间的安排：地点是赤道，太阳神马车的轨迹，昨天、今天或五千年前，或五千年后，它时间的跨度，就是过去、现在、未来，跨度可能是一万年，或是上下五千年，一个痛苦灭绝的日子里。太阳，猿，都是古老的事物，人回到猿，也是意味着还原。"两岸猿声啼不住"，猿在中国古典诗歌里面也是一个古老的意象，但在海子的笔下，李白的诗歌就失效了，被唤起的同时也被终结，这个猿回到了史前。第一节，司仪是盲诗人，盲诗人让我们想到荷马，它所使用的所有的物象、比喻都是古希腊和罗马的；"多少年之后我梦见自己在地狱作王，我走到人类的尽头，也有人类的气味，——在幽暗的日子中闪现，也染上了这只猿的气味，和嘴脸。"这个梦见自己在地狱作王，是多少年以后，我们知道马尔克斯的《百年孤独》的开篇有一句非常著名的话，"许多年之后，面对行刑队，奥雷良诺·布恩地亚上校将会回想起，他父亲带他去见识冰块的那个遥远的下午……"这个几乎都已经成为当代中国作家的潜意识中的东西了，都自觉不自觉地使用这个开头，以造成一个比较漫长的跨度，就是"将来现在过去时"，或者"过去将来现在时"，或者"现在过去将来时"，等等。在中国古典诗歌里面，就是李商隐的"何当共剪西窗烛，却话巴山夜雨时"，将将来、现在和过去予以一体化的处理。用海德格尔的说法，就是"时间的三度性"，这是海德格尔的著作中反复讨论的问题。余华受到存在主义哲学的影响，在他的那篇很有名的随笔《虚伪的作品》中，也谈到了他自己的写作，关于过去、现在和将来的三度性问题。在海子诗里面，开篇就能看到时间的三度性："我走到了人类的尽头，不像但丁。"他是"拟但丁"，他的史诗和但丁的《神曲》之间，明显是有致敬的关系、互文的关系。"这时候没有闪耀的星星，更谈不上光明，前面没有人身后也没有人，我孤独一人，没有先行者没有后来人"，这就是史前的洪荒，一个盘古开天辟地的场景，在一片洪荒之中，创造世界，创造语言，发出闪电般的语言。"在这空无一人的太阳上，我忍受着烈火，也忍受着灰烬"，他把自己想象为夸父，也将自身想象为太阳。在海子的诗歌当中，太阳作为母题，象征着父本、认知、真理、王，一位永恒的统治者，它在大地的上方巡游，掌控一切，创造一切，毁灭一切，所以太阳是火、是光、是力量。太阳也是死神，因为它每天都会降落，当然太阳又是新生，每天都会升起……所以关于太阳的含义，对于海子来说非常之重要。"我走到人类的尽头，但我还爱着，虽然我爱的是火，而不是人类这一堆灰烬。我爱的是魔鬼的火，太阳的火，对于无辜的人类，少女或王子，我全部蔑视或全部憎恨。"这是一位王中之王，主宰的主宰，但这个主宰不是外在的权力化身，而是他对于自然之伟大力量的感知，感知到自然的创造力就彰显了人类本身的认知力，彰显了人类自身的创造力。

还有这首短诗，《黎明（之二）》，我猜想它有可能是从长诗中抽取出来的。艾青也有一首诗叫《黎明》，举出这首诗还是想强调海子诗歌中的时间和空间问题。"手捧亲生儿子的鲜血的杯子，捧着我，光明的孪生兄弟，走在古波斯的高原地带，神圣经典的原野。"这是神迹，是跨越本土之上的世界性的想象，类似于海德格尔在《艺术作品的本源》中所说的"世界化"。世界化需要某个神性的主体或者可以标识神性的建筑，来使世界被安放和确立。因为大地上一座希腊神殿的出现，"世界世界化了"①。海子的想象都是和创造、信仰和神性联系在一起的，"太阳的光明像洪水一样漫上两岸的平原，抽出剑刃般光芒的麦子，走遍印度和西藏"。他的空间场域从古波斯来到印度和西藏的高原，注意，时间和空间，历史和地理在他这里是混合的。

在雪山、乱石和狮子之间寻求，这些物象也都具有"史前"的属性，是"文化"之物不能覆盖的。这又涉及他的另一个重要法门，即"重新编码"的问题。所谓重新编码是要越出"传统与文化所规定的所指"——如"月亮"之类词语中的文化语义，找到通往原始或者创世纪之初的语言，但这实在是一个类似"非非主义"诗学的构想，近乎不可能，也是知其不可而为之。所谓乱石、雪山和狮子，都是他天马行空的想象之物。

"从那儿我长途跋涉 走遍印度和西藏，在雪山、乱石和狮子之间寻求……"这个雪山、乱石、狮子，这都是他独创的编码系统，就是海子在他的《诗学：一份提纲》这篇经典的论诗文章里专门谈到过的。他自己给出了一个解码的提示，"狮子是……豹子是……玫瑰是……马

---

① [德]海德格尔：《艺术作品的本源》，《诗·语言·思》，彭富春译，文化艺术出版社，1991年版，第45页。

是……"①之类，但依照这个编码系统我们仍然是无法读懂的。所以归根结底，我还是认为海子的长诗写作进入了一个语义与表达的"互悖之困"，越想抵达就越是难以抵达，所以我宁愿认为这是一种比喻，一种替代式的想象和设定，它在"极限"的意义上，就是要设定语义的无法完成也无法进入。所以他的长诗的神秘性，某种程度上就是"先在的不可解读性"。

"天空的女儿和诗，波斯高原也是我流放前故乡的山巅"。你看，他把自己当成是一个来自古波斯的游吟诗人，并非是本土身份的自我认同。他或许是一个"异乡人"来到了中华大地，前三世是谁呢？也许是玄奘，去了西天取经未还，过了多少年又化成一位游吟诗人回到了中华大地。

"采纳我光明言词的高原之地，田野全是粮食和谷仓，覆盖着深深的怀着怨恨，和祝福的黑暗母亲。"太阳和土地两个这个原型意象再次交叠出现，大地是阴性的，孕育着万物，但是它也蕴含着不可知，蕴含着灾难、死亡，所以它注定会与这个母体构成二元关系。"地母啊，你的夜晚全归你，你的黑暗全归你，黎明就给我吧。"他把自己想象为一位王，或者是和太阳并肩前行的一位主，他的自我体认是这样的矛盾：王意味着统治，意味着手握真理的强大与孤单，至高无上与必

---

① 该小节是《诗学：一份提纲》中的第一节"辩解"，其中解释了他的各种代码的含义。

然的死亡。

显然，他的想象里面充满了自我的困顿，往好处说是神性的、生命的那些词语，往黑暗处说，便同时充满着血腥、死亡与暴力的幻象。这些原始而混乱的想象，既张大了他的美学世界，也同时使之陷于自我的湮灭。

经过一番内部的纠缠和自我的痛苦，这位真理之王者再度雄起："让神从我头盖骨中站立，一片战场上血红的光明冲上天空，火中之火，他有一个粗糙的名字，太阳和革命。"注意，这番景致，一定是1960年代出生的人特有的记忆，真理与革命，社会认知与哲学认知处于混沌的纠缠状态。他说的革命与我们社会学意义上的、当代政治学意义上的革命肯定是两码事，但在语义的深度设置中，他也必然存在着无意识中的不得已。

最终是阴性的主体，作为世界的本体，来接受和容纳这一失败的英雄。"她有一个赤裸的身体，在行走和幻灭。"这预示着海子的诗歌，也同样存在着一个思想的模式，也就是大地和太阳、雄性和雌性、认识论与本体论、建构与湮灭之间的悲剧性的循环，与统一。

第 二 讲

以梦为马的失败与胜利、远游与还乡：
海子诗歌入门

下峥嵘而无地兮，上寥廓而无天。
视倏忽而无见兮，听惝恍而无闻。

——屈原：《远游》

万人都要将火熄灭 我一人独将此火高高举起
此火为大 开花落英于神圣的祖国
和所有以梦为马的诗人一样
我藉此火得度一生的茫茫黑夜

——海子：《祖国（或以梦为马）》

小　引

在设置了"伟大诗歌的不可解读性"的前提之下，我又认为海子是可解的,是有一个入口的。这个入口或钥匙就是他的名篇《祖国（或以梦为马)》。

这首诗中我们也同样可以看到巨大的时间和空间跨度，作为海子抒情诗中的代表，这首诗或许是命中不可或缺。换言之，如果没有这首诗，海子将无法想象，就如同没有《离骚》和《远游》的屈原、没有《将进酒》的李白也无法想象一样。它是一个尺度、标高和入口。而且，就语言的还原程度与恰如其分的程度来说，它也是不可多得的。在语言的返还与穿透力方面，我认为这首诗是程度最高、艺术性最强、境界最炉火纯青和天衣无缝的代表。所以我希望大家可以背诵，在很多情境下可以高声齐诵，用以彰显天地之正气，彰显汉语本身那种古老而新鲜的生命力，她历经千古而犹存的浩然之气。

可以和李白《将进酒》，屈原的《离骚》《远游》对照一下——这是我们准确定位海子的最好的办法。我个人觉得，这首诗可以看作是新诗诞生以来的"小《离骚》"，没有任何其他一位诗人能写出这样的诗，因为他的自我想象可能达不到这样的程度。简单地讲，没有任何一位当代诗人，会有海子这样的魄力、语气，这种自我想象。他必须坚信自己是王，才能写下这样的诗句："我必将失败"，但随后他即留下了这句关键的话——"但诗歌本身以太阳必将胜利"。他似乎在这句诗里漏掉了"之名"或"之身"，但也没问题，这句诗不但可以成立，而且反而显得特立独行。古往今来，有哪一位诗人有这样的自信与自省？如果他一直认为他自己能够"胜利"，那我觉得他就不是一位诗人，而是一位狂人了。他知道自己从世俗的意义上，在哲学与生命人格实践上来说，都必将"失败"，但是他会由此而留下感人的不朽诗篇。这就是我所说的"上帝的诗学"逻辑：上帝从诗人的生命中拿走多少，让其承受多少苦难，就会在诗歌中还给其多少感人的力量。也就是说，生命人格实践当中的失败，会反过来支持诗人在艺术上的胜利。这就是"屈原放逐，乃赋《离骚》；左丘失明，厥有《国语》"；就是"孙子膑脚，《兵法》修列；不韦迁蜀，世传《吕览》"。①屈原的含冤自尽使得《离骚》变成了永世流传的诗篇，如果屈原苟活着，像同时代的张仪、苏秦，像其他权贵那样显赫，那他便什么都不是。你写出了伟大的诗篇，却还像俗人那样苟活着，那这首诗就是一首虚伪的作品，你声称自己人格高洁，"世人皆醉我独醒，世人皆浊我独清"，就是吹牛。

但对海子来讲，他太清楚这个问题了。某种意义上讲，海子是最

---

① 司马迁：《报任安书》。

清楚什么是"上帝的诗学"的,所以他才敢于说"我必将失败,但诗歌本身以太阳必将胜利"。当他做出了这样的决定,且清楚自己人生的失败之时,便坚信自己的诗歌与生命人格必将光耀千秋。

一、我是谁,为何"以梦为马"

为了更充分地说明问题,我要在这里展示一篇我的短文,就是我对《祖国(或以梦为马)》这首诗的一个小小的诠释。我认为我的文字写得也有意思——我顶多说"有意思",不敢说可以与海子的文字相提并论。

先来解题。为什么起一个这样的名字,"祖国(或以梦为马)",其实,它的意思是"祖国就是'以梦为马'",很多人不明白这个题目是什么含义。何为"祖国"?对诗人来说,祖国就是母语,就是他身上背负的文化母体,就是诗人骑着他想象的、语言的骏马巡游到最遥远的边界,所到之处的边疆。"我来了,我看见,我说出(征服)",这是恺撒的话语,王者的话语,恺撒大帝有这个气魄,这是统治者所到之处,来命名并占有世界的气度。这也是我们那句古话,《诗经·小雅·谷风之什·北山》中的话:"普天之下,莫非王土;率土之滨,莫非王臣。"它与恺撒的话语可以互文阐释,总之是王者的话语。而"祖国或以梦为马",显然也是王者的话语。海子的诗歌概念中,就有"王""王子""祭司"①等说法。

这里我想全文引用一下我本人这篇题为《祖国就是以梦为马》中的文字：

> 我要做远方的忠诚的儿子
> 和物质的短暂情人
> 和所有以梦为马的诗人一样
> 我不得不和烈士和小丑走在同一道路上
>
> 万人都要将火熄灭　我一人独将此火高高举起
> 此火为大　开花落英于神圣的祖国
> 和所有以梦为马的诗人一样
> 我藉此火得度一生的茫茫黑夜

轻易不要动这首诗，不要打开它，不要试图彻底读懂它，因为它充满了意识的危险。

他很清楚自身的局限，有脆弱的两面性："物质的短暂情人"，这

---

① 海子《诗学：一份提纲》中"上帝的七日"与"王子·太阳神之子"两节，见西川编《海子诗全编》，上海三联书店，1997年版，第890—897页。

是生命与肉身的必经之地，尚存的对俗世的眷恋，因此他需要与"小丑"同行；但他也很清楚自己的使命，他属于彼岸世界，属于"烈士"的同道，他本身也必将成为烈士。

这些话让我们同时看到这个人与俗世接洽时的黑暗与缝隙，但是请相信，他决心已定。

"万人都要将火熄灭，我一人独将此火高高举起……"火是信念之火，黑夜是人心的黑暗，"神圣的祖国"不是政治地理学意义上的这片土地，而是汉语所照亮的精神世界的最后边疆。他将巡游这土地，骑着梦想的骏马，母语的骏马，驰骋，并且度过这人心与时代的黑夜。

你难道没有读出海德格尔的话语："世界之夜即将来临……在这样的时代，诗人何为？"

难道你没有从中读出《离骚》般的悲凉与彻悟、忧伤与坚韧？写下了这样的诗篇，你让他还怎么苟活在这黑夜与这世界？

但幸好，还有这火，因为这火，他可以一息尚存，燃烧并且毁灭，在毁灭中放出光焰。

> 此火为大　祖国的语言和乱石投筑的梁山城寨
> 以梦为上的敦煌——那七月也会寒冷的骨骼
> 如雪白的柴和坚硬的条条白雪　横放在众神之山

和所有以梦为马的诗人一样

我投入此火　这三者是囚禁我的灯盏　吐出光辉

万人都要从我刀口走过　去建筑祖国的语言

我甘愿一切从头开始

和所有以梦为马的诗人一样

我也愿将牢底坐穿

如果没有记错，这应是1987年。1987年，这个二十三岁的生命已饱经沧桑。他用如此彻底与彻悟的眼光打量一切，打量我们所拥有的"寒冷的骨骼"一般的历史与文明："祖国的语言"，这是他赖以依存的精神与生命的根基；"梁山城寨"是他一生注定的处境，一个命定的反抗者，独行侠与流放者的自我体认；"以梦为上的敦煌"，这是人类一切文化与艺术的尸骨——它们的总体与总和。这三者是"囚禁"他的灯盏与光辉所在。

他为这永恒的光明所吸引，他要飞蛾投火，体验生命中最壮丽的燃烧，以及毁灭。

他因此意识到自己的使命："祖国的语言"经过他之手，将获得一种新生——某种意义上事实已证明了这一点。卡西尔说，在但丁、莎士比亚和歌德出生的时候，意大利语、英语和德语是一种样子，等到他们谢世的时候，则变成了另一种样子①。海子用他"反语言"的姿态，以他返回原始的巨大蛮力——使"一切从头开始"，使汉语蜕下了一层坚硬的茧壳，达到了再度新鲜与通灵的境地。

时间将越来越证明他对于新诗、对于汉语新文学所做出的贡献。他对于汉语诗歌的创造与改造，足以有里程碑的意义。

众神创造物中只有我最易朽
带着不可抗拒的死亡的速度
只有粮食是我珍爱 我将她紧紧抱住 抱住她在故乡生儿育女
和所有以梦为马的诗人一样
我也愿将自己埋葬在四周高高的山上 守望平静家园

面对大河我无限惭愧
我年华虚度 空有一身疲倦
和所有以梦为马的诗人一样

---

① [德]卡西尔在《语言与神话》中说："诗人不可能创造一种全新的语言，他必须使用现有的词汇，必须遵循语言的基本规则，然而，诗人不仅使语言赋予新的特色，而且还注入了新的生命……意大利语、英语、德语，在但丁、莎士比亚、歌德诞生时是一个样子，在他们谢世时又会是另一番模样。"转引自[英]查普曼《语言学与文学》，王士跃、于晶译，春风文艺出版社，1988年版，第47页。

岁月易逝 一滴不剩 水滴中有一匹马儿一命归天

意识到了生的局限，个体的局限与危险。

很显然，生命的有限性，使创造变成一个时不我待的命题。他的巨大的关怀与诗歌抱负，同生命与创造力本身的有限之间，在这里产生了不可缓解的冲突。

"粮食"在这里具有原型的意义，指他所拥有的生存之本，生存之基。它是一切与农业家园以及生存有关的事物。"故乡""家园"当然也是抽象的，与"祖国"一样既是实体，也是语言的范畴。他是要试图表达自己的决心：此生此世，唯一的使命是要通过土地、生存的歌赞与吟咏，守护精神领地，抵达存在的永恒。换言之，是通过"大地的表象"，抵达"大地的本体与本源"，完成一个类似哲人或先知的抱负。

但危机感越来越强。这样的抱负能否实现？他时时感到犹疑和"疲倦"，预感到将在这一近乎无法实现的过程中死于非命。

此诗中有强烈的死亡冲动与预感。预感？是的，这既是危机，又是冲动，是一种毁灭的恐惧与激情。这种预感在他的诗歌中是先在的，越往后越是强烈。

千年后如若我再生于祖国的河岸

千年后我再次拥有中国的稻田　和周天子的雪山　天马踢踏
　　和所有以梦为马的诗人一样
　　我选择永恒的事业

　　我的事业　就是要成为太阳的一生
　　他从古至今——"日"——他无比辉煌无比光明
　　和所有以梦为马的诗人一样
　　最后我被黄昏的众神抬入不朽的太阳

足以看出他"王者"的自我意识，他巨大的时间坐标。

巨大的轮回，千年一度的轮回，如此他才有这样巨大的信念，"选择永恒的事业"。这永恒的事业就是要写下不朽的诗篇，成为改写诗歌历史与文明的诗人。

或许这会被理解为狂妄。但渺小的人从来就无法理解这样的壮志——"要成为太阳的一生"。茨威格在论述荷尔德林的时候，也使用了大致如是的比喻，他用了希腊神话中的法厄同的悲剧例证，来形容荷尔德林的志向与命运：这太阳神的儿子，因为有着一半凡人的血统，却试图要驾驭太阳神的金色马车，结果因为过于接近炙热燃烧的太阳而死于非命。茨威格认为，荷尔德林这样的诗人之所以会有人生的悲剧，是因为其试图过于亲近神祇与真理。

而在我看来，或许神的力量会摧毁他作为凡人的身体，但终将会收容其伟大而不屈的意志，并使其变成神的一部分。因此，他的预言是正确的："最后我被黄昏的众神抬入不朽的太阳"——变成了太阳的一部分。

还有修辞。"千年后……祖国的河岸""中国的稻田""周天子的雪山"，这就是"海子式的还原"。因为巨大的时间坐标，他语词的还原程度，需要足以构成与时间的对称——古老、原始、本质化。

他拥有了这样的对称，也因此获得了巨大的时间维度，循环的、永恒的、本质的，犹如《红楼梦》中所拥有的维度一样。"我所居兮，青埂之峰；我所游兮，鸿蒙太空。谁与我逝兮，吾谁与从？渺渺茫茫兮，归彼大荒。"因为有这样的维度与坐标，才会有如此的抱负与气象，如此的彻悟与旷远，自信与从容。

> 太阳是我的名字，太阳是我的一生
> 太阳的山顶埋葬诗歌的尸体——千年王国和我
> 骑着五千年的凤凰和名字叫"马"的龙
> ——我必将失败
> 但诗歌本身以太阳必将胜利

其实他所有的努力都是为这一句做铺垫，所有的铺垫都是为了将最终的抱负与自信宣示天下，告诉你们，他将最后胜利，通过世俗的失败与烈士般的牺牲，抵达在诗歌中永生的顶点。

这是最后的宣示。虽然并不是他最后的绝命诗，但也是他早已决定的绝命诗。谁都有可能自负，自负到狂妄的地步，但谁又可以这样清醒，意识到自己"必将失败"？只有屈原式的人格抱负，才能够如此理性，知晓生的局限，并且如此地坚信且毫不犹豫地预言其诗歌的胜利。

因此，我说"这是《离骚》式的诗篇"绝不是虚夸，这就是海子的《离骚》。

他的预言确乎变成了现实，但我依然要向他不朽的预言以及这预言的自信和勇气致敬。

还有决心。他完全可以收回这预言，可以不"失败"，可以与俗世妥协，但那就不是海子了。作为一个谱系中的部分，他必将用生命、用人生的世俗意义上的失败来验证诗歌的胜利，以及人格的胜利。这也就是我所说的"上帝的诗学"，用伟大的牺牲，换取人格意义上的"成仁"与不朽。

很多年中我曾为这个题目感到困惑："祖国"为什么会与"以梦为马"毗连？多年后我终于明白，祖国就是母语与自由，就是无边的梦的世界，就是可以尽情驰骋的最广大无边的世界的总称。对于诗人来说，"祖国"既是故乡和血地，但又不只是故乡和血地，它是经验所及的边界，是可以用母语抵达的一切经验的尽头。

是的，"母语可以抵达的一切经验的尽头"。

如此取题就是要表明，这是一次宣示，属于一生的"明志"之诗，但他的宣示者与对话者不是个人——尽管个人构成了对他的伤害。他所说的"烈士与小丑"绝不是无所指的，但巨大的抱负使他超越了小人物的创伤、冤屈与愤懑，而升华出俗人永远无法理解的意图——他要"以梦为马"，做真正的凌虚高蹈者、天马行空者。他视俗世为茫茫黑夜，视精神与诗歌为黑夜中的火炬，而"和烈士和小丑走在同一道路上"，则是他饱经沧桑的无奈，以及自信满满的豪迈心怀。

语言，宗教，雪山，这是海子的信仰，如同拜伦所说的"战争，爱情，风暴，这是史诗的主题"（《唐璜》）一样，是一种以偏概全但又以一当百的譬喻。但是我们可以看出，海子与19世纪的浪漫诗人的"王子"们不同，他是以彻底的遗世独立，将自己幻化为真理与宇宙，以及存在与造物本身——太阳，永恒燃烧并且毁灭着的太阳。

"我必将失败，但诗歌本身以太阳必将胜利。"亘古以来，谁人有这样的疯狂与自信？唯有屈原。连李白都不曾有这样的狂妄，他有以酒度日的万古愁和大颓唐，但也只敢说"天子呼来不上船"，并未敢预言自己的千秋万代。而海子却有这样的自信。

自信？这是哪里来的啊，是用血，用命。

所以他抒情的对象是"祖国"——由土地、母语和真理构成的虚拟的伟大而不朽的母体，他的诞生者与收容者、收走者。这是决死的诗歌，怎么能够不成为不朽的绝命书和预言篇？

他将以死、以天地间最惨烈的死，以血擦亮一柄"刀口"，让"万人"重回到母语的创伤与创生之中，祭礼与神性的激荡之中。

因为这样的决死，他得以与诗歌同在。

二、返回本源：穿越、远游与还乡

本节关键词是返回本源的穿越，精神的远游与还乡。

有些意思在前一讲中已有涉及，如"还原"，但这里的返回本源，除了指词语，更有生命本体论和人格实践的意义。而"远游"与"还乡"也都是诗歌史上著名的母题，从屈原开始，中国诗歌中就有这种精神游历的主题，出走与远行的主题；而"还乡"则是荷尔德林式的主题，这一主题在海德格尔的诠释下，更具有了现代性的反思意义。

上一节文字未免太书面化了，是我多年前的一段细读文章。这么多年过去，我越来越明白一个道理，主体决定一切书写，没有一个"先知"或"祭司"般的自我想象，就不会有这样的诗。

如今想想，又有一些不同的感受。最让人震撼的是这一句："我不得不和烈士和小丑走在同一道路上。"身为海子同时代的人，我要不要反躬自问：我是"烈士"呢还是"小丑"？我想我无疑不是烈士——

因为我还活着，只有海子才是文化英雄与"诗歌烈士"①，因此在文化的意义上，我们都可以归为小丑之列。那个说出"和所有以梦为马的诗人一样／我不得不和烈士和小丑走在同一道路上"的人，不就是屈原那"世人皆醉我独醒，世人皆浊我独清"的气质、气度与气魄的重现与替身么？当然，这其中或许有世俗方面的原因，海子活着的时候，他或许也曾备受屈辱。众所周知，他个头很小，走到哪儿都不起眼；他的诗歌，特别是长诗，在一些成名诗人那里备受质疑；另外在恋爱方面也屡屡受挫。虽然他确实也经历过一场真正的、轰轰烈烈的恋爱，但后来那女孩又背弃了他。甚至他后悔酒后说了关于那个女孩的一些不恭的话，据说也成为他自杀的直接原因之一。②可见他也是一个禀赋纯真且在世俗中易于受伤的人。但这些都被他有效地升华为了形而上意义的自我激励，变成了非世俗意义上的精神超越。因为他很清楚自己的使命，他属于彼岸世界，

---

① 海子在《献给韩波：诗歌的烈士》一诗中给了兰波（兰波一译韩波——引者注）这一称号。见西川编《海子诗全编》，上海三联书店，1997年版，第319页。

② 西川在《死亡后记》中写道："在自杀前的那个星期五，海子见到了他初恋的女朋友……她是海子一生所深爱的人，海子为她写过许多爱情诗，发起疯来一封情书可以写到两万字以上。……在海子最后一次见到她时，她已在深圳建立了自己的家庭。海子见到她，她对海子很冷淡。当天晚上，海子与同事喝了好多酒。他大概是喝得太多了，讲了许多当年他和这个女孩子的事。第二天早上酒醒过来……他感到万分自责，不能自我原谅，觉得对不起自己所爱的人。"见西川编《海子诗全编》，上海三联书店，1997年版，第927—928页。

作为"物质的短暂情人"只是暂时地栖身，其真正使命则是要做"远方的忠诚儿子"。他归根结底属于屈原这样的"烈士"的同道，他本身也必将成为烈士。

还有"神圣的祖国"一词。我所说的"返回本源的穿越"，从这类词语中就可以见出端倪。他的祖国不是指政治地理学意义上的这片土地，而是汉语所照亮的精神世界的最后边疆。汉语所到之处，就是诗人的祖国。他将巡游这土地，骑着母语的骏马、凤凰或龙驰骋，并且度过这人心与时代的黑夜。这就是海德格尔所说的，世界之夜即将降临，诗人何为？就是"哪里有危险，哪里就有拯救"[①]，这些海德格尔式的追问，在海子的诗里其实早就做了回答。而"五千年的凤凰和名字叫'马'的龙"，也是返还式的原词。

还有"祖国的语言和乱石投筑的梁山城寨"，大家可能会纳闷，怎么会突然冒出一"梁山城寨"这样的词语？显然这是一位造反英雄，他是造反了，但是他又崇尚文化，"以梦为上的敦煌""这三者是囚禁我的灯盏"。哪三者？祖国的语言是第一，梁山城寨——也就是永恒的反抗和叛逆精神——是第二，再就是敦煌，中国文化的象征和宝库的符号。灯盏变成了囚牢，即光芒将它罩住。

[①] 这原是荷尔德林的诗句，海德格尔援引它，作为对技术主义时代的问题的思考。原文为"哪里有危险，拯救之力就在哪里生长"，见 [德] 荷尔德林《人，诗意地栖居》，郜元宝译，上海远东出版社，1995年版，第137页。

在我看来，这三者也可以说是典型的海子式的词语。他的原词有很多，这是比较有代表性的，原词不一定是特别远古的词汇，而是能够"返还原始的词语"，或者具有原型意义的词语。哪些词语是返还原始的词语？这些话可以作为理解的线索：

> 我要把粮食和水、大地和爱情这汇集一切的青春统统投入太阳和火，让它们冲突、战斗、燃烧、混沌、盲目、残忍甚至黑暗……
> ……创造太阳的人不得不永与黑暗为兄弟，为自己。
> 魔——这是我的母亲、我的侍从、我的形式的生命，它以醉为马，飞翔在黑暗之中，以黑暗为粮食，也以黑暗为战场。[1]
> 在隐隐约约的远方，有我们的源头，大鹏鸟和腥日白光……而诗则提供一个瞬间，让一切人成为一切人的同时代人，无论是生者还是死者。[2]

海子类似的说法很多，就不多举例了。其中的"粮食""水""大

---

[1] 海子：《日记·1987年11月14日》，见西川编《海子诗全编》，上海三联书店，1997年版，第883页。
[2] 海子：《民间主题》，见西川编《海子诗全编》，上海三联书店，1997年版，第873页。

地""魔""马""战场""大鹏鸟"等,都属于可以返还性的词语。所谓返还,如果要给一个学术化的解释,就是"使历史哲学化",将词语本质化。这看起来很玄,其实就是将其诸种"所指"予以剔除或压扁,将词语中的历史积淀进行"提纯"或删除,这个词语就变得单纯和原始得多了。比如他阐释"四季",他认为"四季循环不仅是一种外界景色",而"是火在土中生存、呼吸、血液循环生殖化为灰烬和再生的节奏","这些生命之兽构成四季循环,土火斗争的血液字母和词汇"。[①]所谓"血液字母和词汇",在我看来就是"原词"。

海子意识到,必须大量发现、擦亮和使用原词,他的"史诗"才能够获得表意体系的主干支持。但这也是我们在读其作品时的难点所在,因为读者要想重新解码,就要把他压扁的词语予以恢复,方能获得理解的钥匙。但海子无疑是想通过这种原词的使用,"使一切人成为一切人的同代人",使古人和我们之间不再有语言上的隔阂。

海子也明显意识到,个人的有限性同他抱负的巨大,与他对世界的深邃而宽广、终极又玄秘的认知之间,发生了悲剧性的冲突。这与《春江花月夜》中的那种冲突与悲伤是一致的,个体的有限、短暂、孤独,与永恒存在之间的那种相遇,会导致他产生出无比的绝望和伤感,这是中国诗歌的核心主题,所谓"孤篇盖全唐"应该是在这样的意义上

[①] 海子:《诗学:一份提纲》,见西川编《海子诗全编》,上海三联书店,1997年版,第889页。

说的。同时海子也意识到像陈子昂所说的"念天地之悠悠,独怆然而涕下",意识到了所谓"前不见古人,后不见来者"的孤独和孤单,所有伟大诗篇都是相通的。这与海德格尔所说的"被抛掷"的人的"烦"与"畏",也是相通的。

这里显然有强烈的主人公的"在场感",词语具有了独特的人格化含义,变成了一种生命见证,甚至实践。海子如同一个不知疲倦的搬运工,用灵感、思想、汗水、原词乃至自己的血肉之躯,铸造着他史诗的巴别塔,或者长城。

还有"千年后如若我再生于祖国的河岸/千年后我再次拥有中国的稻田……"你看,这些句子是以一千年为跨度的,我曾说他是"以五百年为尺度的诗人"都是替人家谦虚了。有人说海子是累死的,就像屈原是累死的一样,他是心累,因为酷爱同一件事情,屈原写下《天问》和《离骚》就再也不能活下去,海子也是写了那么多长诗,写下了他的这些巨大词语的句子,好比是一个有限的"凡夫",以凡夫俗子的肉身凡胎,去做神圣的事业,那还不累死?可一旦累死,就像修造长城的万杞梁(一说范喜良、万喜良)把自己修进了长城,像追日的夸父变成了太阳神的一部分一样,这就是一个辩证法。

茨威格在论述荷尔德林的时候也用了类似的比喻,他用希腊神话中的法厄同的悲剧来形容荷尔德林的志向与命运。这神话寓意了一个非常深刻的道理,即,不要试图过于接近真理,不要试图接近统治者。从社会学或社会心理学的角度，我们也有一句俗语叫作"伴君如伴虎"，什么意思呢？就是不要靠近权力中心，太危险了；同样道理，也不要试图靠近真理本身，因为太容易被灼伤了；不要试图太靠近"爱"本身，因为太容易被它伤害了……这些都是辩证法。茨威格认为荷尔德林这样的诗人之所以会有人生的悲剧，是因为其试图过于执着神性与真理。而在我看来，或许神的力量会摧毁他作为凡人的身体，但终将会收容其不屈的灵魂，使其变成神性的一部分。因此他的预言是正确的，最后"被黄昏的众神抬入不朽的太阳"，变成了太阳的一部分。

与时间对称，其实也是"原始的本质化"，海子动辄即以千年为尺度，来修造自己的词语之塔，他因此获得了巨大的时间维度。犹如《红楼梦》中所拥有的维度一样——它结尾处的诗句，各位应该好好琢磨一下，所有的伟大作品气息都是相通的。当然这种境界不是权力意义上的自大狂，而是一种"先行至失败中"[①]的自我想象，用雅斯贝斯的话来讲，则叫"伟大的失败者"。"渺渺茫茫兮，归彼大荒。"（《红楼梦》结尾）就是归于本源意义上的大地——无边的、荒蛮的大地，因为这样的维度与坐标才会有如此的抱负与气象。

还有，他所说的"烈士"和"小丑"绝不是无所指的，但他的宣

---

① 借用诗人、批评家唐晓渡的说法，见唐晓渡《先行到失败中去》，作家出版社，2015年版。

示者与对话对象又溢出了个人恩怨，尽管个人构成了对他的伤害。有一个真实的事件，据说在一次诗歌聚会上，一位资深的、非常有名望的诗人（原谅我不说出他的名字）当众批评海子说："你这是诗吗？你这什么都不是。"那时候海子尚很弱小，而这位诗人已赫赫有名了。可见诗人中间也会有这种冲突，就像青年荷尔德林不远千里，跑到德国东部的魏玛和耶拿，去拜见早已名满天下的歌德和席勒时的遭遇一样。歌德对荷尔德林给出的态度是"得体的傲慢"，而席勒则是"好为人师的喋喋不休"，而受伤的是年轻的荷尔德林。海子是一位在内心极为自尊和高傲的诗人，他不会接受别人对他的伤害，但他也没有办法反抗这些伤害，①所以只能在语言中表达这种愤怒。但是这种愤怒已不是小人物的愤怒，巨大的创伤使他超越了小人物的忧伤和愤懑，而升华出俗人永远无法理解的意图。

如果各位觉得如上细读还可以的话，那你们回报我的办法，就是再齐声诵读一遍，相信感受会不一样。

从"原词"再深入一步，就是"母题"的问题，同时我前面也不

---

① 据西川的《死亡后记》中载："1989年以前大部分青年诗人对海子的诗歌持保留态度。诗人AB在给海子的信中曾批评海子的诗歌'水分太大'。1988年左右，北京一个诗歌组织，名为'幸存者'。又一次'幸存者'的成员在诗人CD家聚会，会上有诗人EFG和HI对海子的长诗大加指责，认为他写长诗是犯了一个时代性的错误，并且把他的诗贬得一无是处。"见西川编《海子诗全编》，上海三联书店，1997年版，第926页。

止一次地提到了"大地"和"本源"一词。这涉及海子诗歌的方法论问题，必须再费一点口舌。

借助海德格尔关于大地的讨论，我以为海子诗歌中的两大母题是值得注意的。这两大母题即是"土地"和"太阳"——这也是他的史诗的主要内容，甚至也是题目[①]。在我看来，说是母题或许也不够，应该叫作"元题"或"元命题""原始母题"，因为这两者是一切主题的主题，母题的母题。从根本上说，它们构成了天与地两个基本元素，两个最基本的意象。万物无非是统归于天空和土地两部分，而土地也即"大地"，天亦即"太阳"。土地在下，为万物之母，属阴性，为母本；太阳在上，为万物之父，属阳性，为父本。大地是创造者、养育者和收容者，太阳为创造者、照亮者和统治者，同时也是毁灭者，两者互为依存交会，构成了存在、创生与死亡的世界与万物。解释清楚了这两个母题，也就意味着写出了"真正的史诗"[②]——历史的、文化的、

[①] 海子的长诗大致分为两部分：第一部分为1984—1985年间创作的三部：《河流》《传说》《但是水，水，水》，均为土地母题的作品；第二部分为1986—1988年期间创作的《太阳·七部书》，包括《太阳·断头篇》《太阳·土地篇》《太阳·大扎撒》《太阳·你是父亲的好女儿》《太阳·弑》《太阳·诗剧》《太阳·弥赛亚》，均为太阳主题的作品。见西川编《海子诗全编》。

[②] 海子自己的说法还有"唯一的真诗"（大诗）。他的原话是："诗有两种：纯诗（小诗）和唯一的真诗（大诗），还有一些诗意状态"。见海子《动作（太阳·断头篇·代后记）》，西川编《海子诗全编》，上海三联书店，1997年版，第888页。

宗教的和哲学范畴中的史诗。

假如我们笼统地加以区分，海子的长诗写作明显地分为两个时期，前期侧重于对土地与历史的思考，以创世、生命和历史文化为主要载体，形象系列为水、河流、泥土、女人、母亲、高原、家园等；后期则集中于对哲学和宗教的思考，以真理、神祇、力量、照亮、统治、创造、毁灭等为形象系列。正如他在《太阳·断头篇》的"代后记"中所说，"如果说我以前写的是'她'，人类之母，《诗经》中的'伊人'，一种北方的土地和水，寂静的劳作，那么，现在，我要写一个'他'，一个大男人，人类之父，我要写楚辞中的'东皇太一'，甚至《奥义书》中的'大梵'，但归根到底，他只是一个失败的英雄，和我一样"[1]。这表明，海子写长诗有清晰的自觉意识，对其主题的思考也是系统的，有总体考虑的。但从现在的角度看，两个时期写作的效果是很不一样的，前期的写作显然是相对平和的、滋养的，以自然、历史、文明和文化为本位的；后期的写作则是相对紧张的、消耗的、悲剧性的，也是充满自我镜像感和毁灭意识的，其中创造的主题、真理追问的主题、"弑"的主题，都带给他本人巨大的自我暗示与冲击。

从主体性上讲，前期主要是写他者、对象世界、土地和母亲；

---

[1] 西川编：《海子诗全编》，上海三联书店，1997年版，第886页，第890—895页。

后期则主要是写自我（或自我的幻象）、人子以及主体世界的衍生物。

我必须说，海子的长诗是一个巨大的世界，我也同意这是一个"未完成的巨大工地"①的说法，犹如建造巴别塔的工地，这不是源于个人才具的缺陷，而是目标本身的无法企及。穿越一切历史与文化的积淀，而试图彻底抵达原点与太初，抵达本源，不要说这样的语言还没有诞生——上帝不允许这样的语言出现，这当然是比喻的说法，就是曾经存在后来也早已死去。海子试图创造这样一种语言，必定是难以完成的。让我引用一下这段《太阳·断头篇》第二幕《歌》中的最后一节，《我考虑真正的史诗》中的句子：

> 于是我访问火的住宅，考虑真正的史诗
> 于是我作兵伐黄帝，考虑真正的史诗
> 于是我以他为史官，以你为魂魄，考虑真正的史诗
> 于是我一路高出扶桑之木，贵为羲和十子
> 于是我懂得故乡，考虑真正的史诗
> 于是我钻入内心黑暗钻入地狱之母的腹中孤独

---

① 唐晓渡、张清华：《对话当代先锋诗：薪火和沧桑》，《1979—2009：当代先锋诗30年：谱系与典藏》，江苏文艺出版社，2012年版，第10页。

> 是唯一的幸福孤独是尝遍草叶一日而遇七十毒
> 考虑真正的史诗
> 于是我焚烧自己引颈朝天成一棵轰入云层之树
> 于是我非梧桐不栖非竹实不食非甘泉不饮
> 于是我燕领鸡喙，身备五色，鸣中五音
> 于是我一心一意守沉默，考虑真正的史诗
> 于是我穿着树皮，坐卧巨木之下，蚁封身躯
> 于是我早晚经受血浴，忍受四季，稳定如土地
> 考虑真正的史诗

你可以认为它是全方位的"立体的"信息丰富的，也可以认为它是过于随机的"感性的"驳杂甚至芜杂的。这"真正的史诗"中，包含了中国历史、生存、传统、文明的一切元素，但它的诞生又至为艰难，需要"背着语言和落日"的创作者付出难以想象的辛劳，这是难以和对象形成对称与匹配关系的主体。这些材料既是他的凭据，同时又是形象和谱系，是其主要的构造与表意空间，但同时又是障碍。因为他必须完成对于这一切的整合与穿透，最终生成一个形而上的伟大诗歌文本，所匹配的语言也必须是超越一切之上的语言，是"神的话语"、创世纪的话语、史前的话语。

这样的一个目标，确乎就是通天塔的建造。这是海子的根本难度

所在，是他的悲剧性所在，也是他了不起的所在。这是一种"知其不可为而为之"的禀赋，一种伟大的悲剧型人格。

我意识到了某种危险——一旦讲到这些，便很容易出现各种陷阱。我知道我很难讲清楚这些内容，现在不得不冒险来做一些简单化的交代，最好是简单地"搪塞"过去。海子这些"迫不得已"的长诗写作，其目的是什么，是想建立什么样的范式，创造何种文本？如果我试图更学术化地讲一下，是比较"安全"的，因为我可以将其"历史化"。因为也确实有1980年代特殊的文化背景与印记。我只要对这样一个背景做一交代，自然问题就不至于走向玄妙和争议。始于1980年代中期的"诗歌文化运动"中，曾不断有人声称"这是一个史诗的时代"[①]，这显而易见地影响了海子。倡导写史诗，是因为这个年代视野已打开。方法论的突然丰富，参照对象的目不暇接，在赋予写作者创造的激情的同时，也导致他们的价值出现危机意识。他们在经历新一轮的启蒙运动的过程中，既感到了前所未有的兴奋，同时也有丧失自我的忧虑和"再造传统"的冲动。于是一股"文化民族主义"的浪潮悄然兴起，小说中出现了"寻根运动"，诗歌中则兴起了"史诗热"，这两者究其实是一个东西。这一潮流无疑也冲击到了敏感的海子，

---

① 宋渠、宋玮：《这是一个需要史诗的时代》，见老木编《青年诗人探诗》，北京大学五四文学社印行，1985年版。

1984年到1986年他的土地母题的史诗写作，显然与这股潮流完全合拍。

但这种"学术化"的处理，并不能解决我们的问题，面对一个操着"先知式话语"的诗人，我们用历史化和学理性的方式，是很难讲清楚的。所以，问题还要哲学化地来讨论。首先我需要将问题转换至另一个方面，即关于"本源性"的问题。因为所谓"原词""母题"所追求的无非是本源的问题。这个问题很玄，我也很难讲清楚，但又必须涉及。参照海德格尔的讨论，我认为海子的诗歌想象中，作为世界的表象和本体、本源的，首先是大地，大地是他的抒情对象，太阳则是王、父亲，也是他自己的化身。

我的理解是：这两者是互相对称的，大地是存在的本源（道）、本体（实体）和表象（万物），太阳是驾临万物之上的统治者、认知者，是王（最高统治者）、父亲（权威或者权力的施行者）、我（受命代行者）。他们又同时对应着"三位一体"，即圣灵、圣父、圣子。无论是大地还是太阳，都是三位一体的概念。

显然海子的思维是非常具有哲人性质的，同时也具有"先知"气质——请注意，对于庞大的哲学谱系、文化与艺术的谱系，还有诗歌谱系的有效处置方式，海子是使用了"先知式的思维和话语"予以整合的。他是睿智的，对于这个庞大而混杂的谱系，唯一有效的就是先知式话语。在《上帝的七日》中，可以看出这个轮廓，虽然有些含混，但还是有清晰的骨架的。他用了亚当、夏娃、王、王子、祭司、英雄等主体类型，来表述这个谱系的延续与衰变过程，显得简约而极富有启示性①。基于此，他又试图逆流而上，通过"从纯诗到真诗"的梯级上升，抵达写作的至高境地，即本源性的书写，王或王子式的书写，也完成他对自我角色的"半神"化的提升。

> 于是我先写抒情小诗再写叙事长诗，通过它们
> 认识许多少女，接着认识她们的母亲、姑母和姨母
> 一直到最初的那位原始母亲，和她的男人
> 于是我考虑真正的史诗

还是那同一段话中的句子。从中可以看出海子写作的意图与总体设计，他的抒情诗和长诗写作的关系，由此可见一斑。"小诗"是"大诗"写作的间歇、调整或准备，而所谓"最初的原始母亲"和"她的男人"，就是作为存在之本源的母本和父本，也即大地与太阳，"太初"与"道"的总和。

但这个本源的返回，在海子的语词实践中不可避免地被延宕且悲

---

① 西川编：《海子诗全编》，上海三联书店，1997年版，第886页，第890—895页。

剧化了。他必须由一个写作者，化身为置身其间且身体力行的先知，即半神式的人物或者悲剧英雄，方能延续其工作。在这个过程中，他无法抗拒地加深了自己的悲剧体验，也难以摆脱地使自己成为悲剧诗人。于是便有了他在《太阳·土地篇》的第十章："迷途不返的人……酒"中的这诗句：

何方有一位拯救大地的人？
……

祭司和王纷纷毁灭　石头核心下沉河谷　养育马匹和水
大地魔法的阴影深入我疯狂的内心
大地啊，何日方在？

大地啊，伴随着你的毁灭
我们的酒杯举向哪里？
我们的脚举向哪里？

大地　盲目的血
天才和语言背着血红的落日
走向家乡的墓地

作为大地上的行吟者，精神远游的求索者，海子与屈原一样经历了分裂，屈原的心一直在郢都，却最终走向了相反的方向，他的心惦记着众人和最高洁的事业，他的人却落落寡合，难以融入人群。"遭沉浊而污秽兮，独郁结其谁语！夜耿耿而不寐兮，魂茕茕而至曙。惟天地之无穷兮，哀人生之长勤，往者余弗及兮，来者吾不闻。"我可以举出《远游》中的这些句子：

步徙倚而遥思兮，怊惝怳而乖怀。
意荒忽而流荡兮，心愁凄而增悲。

与海子的诗句何其相似。他们共同设定了悲剧的自我想象，"拯救大地"的壮怀激烈，与"内惟省以端操兮，求正气之所由"的悲情正义，都构成了精神的共振。很明显，他们和现实构成了南辕北辙不可调和的冲突。

最终的解决方式，海子选择了诗意的还乡——当然，他所还的是形而上学的故乡，是"千年后""中国的稻田"或者"周天子的雪山"，是"五月的麦地"或"大风刮过山岗"，而屈原则是一路向南，向着更加荒蛮的莽野。

这也让我想到了荷尔德林，他吟咏和自救的方式也是返回他德国西南的故乡。"诗人的天职是还乡",海德格尔引述荷尔德林的话如是说①。海德格尔为什么会如此重视这句诗？在我理解，还乡即是返还本体的象征，是返还土地和大地的替代形式，也是哲学上与宗教意义上的终结和皈依，所以海子想象自己"天才和语言背着血红的落日，走向家乡的墓地"。然而现实中海子却走向了相反的方向，不是西南方向的家乡，而是东北方向山海关的龙家营，这是一个南辕北辙的选择。它也许有偶然的因素，但也似乎寓意着如前所述中现实的困境与分裂。他走向了反向的北方，这是求索者的结局，与屈原不是死于秭归，而是死于相反方向的汨罗江一样。冥冥中，这是否有"远游"的情结作怪？

三、定命论者的旨归：太阳、烈火、法厄同

"半神"式的自我意识在海子这里至关重要。我注意到，在中国当代诗人中，海子可能是最早意识到写作的"半神"身份的一位。他在最后一篇诗论《我热爱的诗人——荷尔德林》中，对于这种写作的身份有非常清晰的交代，"喜欢像半神一样在河流上漂泊，流浪航行，做一个大自然的儿子"。"你热爱两岸的……景色，这些都是

---

① [德]海德格尔：《人，诗意地栖居》，郜元宝译，上海远东出版社，1995年版，第86页。

不够的。你应该体会到河流是元素……必须从景色进入元素，在景色中热爱元素的呼吸和言语","把宇宙当作一个神殿和一种秩序来爱","做一个诗人，你必须热爱人类的秘密，在神圣的黑夜里走遍大地，热爱人类的痛苦和幸福，忍受那些必须忍受的，歌唱那些应该歌唱的"。"从荷尔德林我懂得，诗歌是一场烈火，而不是修辞练习"。①

很显然，在海子看来，诗人必须有非凡的使命意识，方能够越过"景色"，即世界的表象部分，接近或进入"元素"，即世界的本体和本源部分，也才有可能写下超越一般文本的诗歌。除非有神性和接近神性的体验，除非将生命投入其间，否则不会获得超越文本意义的诗歌，不会接近伟大的诗歌。

这是一切问题的缘起，也是他命运的逻辑起点。"法厄同驾着太阳神的马车，隆隆地驶过天空，靠近太阳的时候被太阳烧死了"，希腊神话这样讲述太阳神的儿子，英俊少年法厄同的故事。法厄同纠缠他的父亲，要求驾父亲的飞马在空中驰骋，父亲谆谆告诫：你的要求太过分了，你的力气和年纪都办不到，它的名字叫作灾难。但是法厄同不听，无奈的父亲只好引他到高大的马车面前，年轻的法厄同登上

---

① 海子：《我热爱的诗人——荷尔德林》，见西川编《海子诗全编》，上海三联书店，1997年版，第916—917页。

了车，兴高采烈地握住缰绳，日神的四匹快马感受到车子的载重与往常不同，便狂奔起来。法厄同从天空往下看，脸色发白，两膝发软，后悔不迭。太阳车像空中的船，船上的舵手把不住，索性放了手，让神去摆布，最后马车解体，法厄同被火焰烧着了赤金色的头发，头朝下栽下去，拖着一条长尾巴在空中陨落，在天的另一边的冥河收容了他，洗净了他余烟未熄的脸。

这其实就是彗星的形象，符合彗星的逻辑，以耀眼的光芒划过天空，留下短暂但充满启示的形象，一个悲剧英雄的形象。而海子，小小的年纪其实就是一个标准的法厄同了——

> 是时候了，火，我在心中拨动火，注满耳朵
> 火，成熟玉米之火，涂血刑天之火
> 太阳之轮从头颅从身躯从肝脏上轰轰辗过
> 三足神鸟，双翼覆满，诞生在海上，血盐相混
> 这只巨鸟披着大火而上——直至人的身世
> 星星拥在你我怀中死去
> 太阳之轮从头颅从躯体从肝脏上轰轰辗过
> 是时候了，我考虑真正的史诗

这是《太阳·断头篇》第二幕《歌》中的那段"我考虑真正的史诗"

中的句子，这个形象明显是法厄同的影子，"火""太阳之轮"，还有死的结局，都可以说是法厄同神话的海子版本。但是他现在不惧危险，正决心要探求这太阳的烈焰。

至此，我们可以差不多理解前面的意思了。海子的史诗写作，不是一般意义上的文本书写，它是"一次性的诗歌行动"。他所要写出的，不是文本意义上的诗歌，而是真理和神启意义上的诗歌，是他自己所说的"真诗"和"大诗"，在我理解也就是"作为'道'的意义上的诗"，作为最高范本和总体性意义上的诗。要想写出这样的诗歌，必须返回创世之前和之初；而要想实现语义上的返回，必须通过词语的还原，通过母题的展开，通过对历史和文化熔于一炉的处置方式；可要想完成这样的处置，没有一个半神式的主体是无法实现的。作者必须通过自我的圣化和神化，做到："我是圣贤、祭酒、药巫、歌王、乐诗和占卜之师……"（《我考虑真正的史诗》），先抵达"先知式"的思维和认知境地，使用先知式的半神话语，方能够将庞杂的知识和信息予以归拢、点化，实现超越性的承载、混合和升华。这便是"真正的史诗"的道路，及其写作的秘密。

但是悲剧也因此注定：这个过程根本上是不可企及的，一切过于试图接近本源和真理，过于靠近天父和太阳的人，都会被他那灼热的光芒所伤，即便是法厄同这样的半神（神与人混血）也不例外。海子的归返之路由此变成了不归之路，所以他在《迷途不返的人……酒》

中也早就预言了自己的结局。也正是因为这种悲剧的自我体认与预言，他同时也是一个命运的反抗者——他在认同的同时坚持了反抗；或者相反，他在反抗的同时也预言了自己的认同。因为他清楚地意识到自己"必将失败，但诗歌本身以太阳必将胜利"。

到此，我以为在逻辑上，我大体讲清楚了海子的道路，他的史诗写作的缘起、意图、写作路径、美学构造，也将之与他的性格、抱负、命运连接了起来，给予了一个总体性的解释。希望这个解释是大体正确的，虽然在学理上还不那么充分，但在逻辑上是正确的。

这也决定了我们的理解方式，判断以及解读的路径与态度。

最后我还要回到这一说法，即"伟大诗歌的不可解读性"。前一讲中提到，海子的史诗从终极意义上不是文本，而是包含了生命的"一次性创造"，具有实践性和见证性。不意识到这一点，是无法进入他的诗歌门径的。当然，他的"纯诗"，即抒情诗是完全可以解读的，过去我不能完全做到这一点，现在大体能够做到了。大部分抒情诗可以通向准确的细读，但其长诗在我看来仍然是另外的一种东西，我们的理解必须设置这样的前提，即它"不可完成性"与我们的"不可解读性"是对称的。所有解读的努力，必须以此为前提，方是客观的。

当然，这里还有语言和逻辑上的陷阱，有人会说这是"蒙人"，认为我们这样说是在玩文字游戏，或者装神弄鬼。所以我必须反复强调，这种说法是比喻式的，是形而上的一种比拟。诗歌本身是"写"出来的，但海子所说的"伟大的诗歌"却不是人力创造的，就像人类无法真正建起"巴别塔"一样，因为造物主不会允许人类的智能超出他所允许的范围。这就犹如太阳之不可接近，如法厄同之悲剧，必须基于主体性的毁灭性想象与冲动。所以，伟大诗歌与其说是文本，不如就是"一场烈火"，一次祭礼，一次将生命投入其中的牺牲。

另一方面，所谓"不可解读"也即我们没有办法从认识论的意义上，完全从语义上来掌握和诠释它。在这个角度上说，试图"达诂"式地解读伟大诗篇也是法厄同神话——我们也会变成法厄同，被它灼伤。所以歌德当年在他的《谈话录》一书中曾赞美莎士比亚说："一个多产的作家阅读他的剧本，一年里不应超过一部。"①为什么呢？如果读多了，就会被他那伟大的光芒所灼伤，也就被他废了，因为莎士比亚在一切的人性向度上都探求尽了，"没有哪种人生题材，他不曾加以展露和表现，而且一切都写得那么得心应手"（同上）。这是歌德的论断。歌德是多么了不起的诗人，但在他的眼里，莎士比亚就是太阳，是不可接近的，这也是一种辩证法。

---

① ［德］歌德:《歌德谈话录·1825 年 12 月 25 日》，见伍蠡甫主编《西方文论选》（上），上海译文出版社，1979 年版，第 466—467 页。

所以，合适的办法，是在哲学和形而上学的意义上来理解海子的长诗。即，当我们在说海子的诗的时候，不是只考虑"文本"，而是同时要考虑"人本"，上帝的诗学就是文本和人本的合一。而生命本体论意义上的诗学就是在说"上帝的诗学"。

这还可以借用德里达的概念，即"文学行动"，何为"文学行动"？就是"产生于末日的危机想象中的文学写作"。①现代以来的文学的写作，都可以看作是这样的写作，也可以叫作"非传统文本"。非传统文本就是指的现代主义的文本，和现实主义、浪漫主义以前的古典主义、文艺复兴，古希腊古罗马的那些文学价值、文学观念、那些经典文本不同。看过蒙克的那个叫作《呐喊》的画的人都知道，一个很笨拙的初学者都能画出来，临摹一幅《呐喊》式的作品可能是相对容易的，但是你临摹《蒙娜丽莎》就很难，毕加索的色块你能画出来，但伦勃朗的写实肖像你画不出来。那为什么会产生这些东西呢？"关于文学的末日危机想象"，人们会认为传统的文学走到了尽头，它即将死去了，怎么办？就会生出这些奇奇怪怪的想法，这样写出来的作品或者做出来的作品，就是"文学行动"范畴的文本，类似于"行为艺术"式的作品。海子认为，伟大诗歌是包含了主体人类突入原始生存的一种行动，所以他的"行动"就是自杀，

---

① [法]德里达《文学行动》，赵兴国等译，中国社会科学出版社，1998年版，第8页。

他或许一开始就在无意识中做好了这些设定，就是将自己的生命嵌入进去，作为一种献祭。正如雅斯贝斯所说的"毁灭自己于深渊之中,毁灭自己于作品之中",是一种"一次性的创造""一次性的生存"一样。

这便是我所理解的海子入门，弄明白这些基本的问题，才不会南辕北辙。

第 三 讲

疾病、疯狂、青春、死亡：
作为精神现象学的海子诗歌

请整理好我那凌乱的骨头

放入一个小木柜。带回它

像带回你们富裕的嫁妆

但是，不要告诉我

扶着木头，正在干草上晾衣的母亲。

——海子:《死亡之诗（之二）》

小　引

　　精神现象学这个概念非常复杂，我不敢说我能说清楚什么是精神现象学。但这么多年来对海子和当代诗歌的阅读使我坚信，所有最重要的诗歌，都可以置于精神现象学的高度或范畴中来认识，而且一旦置于这样的高度或范畴，其深度、复杂性和重要性都会得以充分彰显。

事实上，诗歌本身即是人类的最复杂的精神现象，是精神现象的载体，或者说，诗歌本身即是精神现象学。所以，某种意义上这不是一个什么新鲜的视角，甚至也不是方法，而是本体。从根本上说，如果不能够从精神现象的角度去认知诗歌，将不能接近诗歌本身，尤其是现代诗歌。自现代以来，诗歌作为精神现象确实变得更为复杂了。

其实，"精神现象学"作为一个学术命题，应该是黑格尔较早提出来的，他的一本名著即叫作《精神现象学》[①]，这本书曾给我很多教益和启发。在黑格尔时期，西方的思想界主要还处于启蒙主义时期，社会思潮和精神现象显得非常正面和积极，所以黑格尔的精神现象学也主要是从哲学上讨论知觉、感性、理性、宗教、绝对精神等这些东西，指涉社会历史范畴中的重大事件，能够称得上、够得着"精神事件"的现象。当然也仅限于认知与"人性"的层面上，主要是从理性的角度去评判和讨论的。比如黑格尔以此提出了"时代精神"的概念，有人以为"时代精神"这样的词语是在我们官方的某个文件中提出来的，其实是一个误解。我建议大家读一下这本书，黑格尔在序言中有

---

① [德]黑格尔：《精神现象学》（上、下），商务印书馆，1997年版。

许多话语，假如我摘抄出来，又不署黑格尔的名字，你确实有可能会认为是从官方的某个文件里找出来的。这表明了一个很有意思的现象，革命话语的来源问题。如果不读黑格尔，你会认为革命话语是全新的飞来之物，读了黑格尔才知道，鼻祖原来在这里。这大概也是一个"革命的精神现象学"了。

从弗洛伊德的精神分析学诞生以后，精神现象学就由黑格尔式的一个宏大概念与社会历史范畴、一个人类理性范畴，置换成了非理性的、关于人的无意识世界的、关于人的非理性状况的一个精神现象学。也就是说，精神现象学在黑格尔的时代关注的是理性、社会历史的重大精神现象，而在弗洛伊德以后，便多地关注个体的、人的病态的、无意识世界的、人性黑暗的状况。特别是关于疾病与疯狂的各种现象了。

对于海子来说，有这样几个关键词和他的精神现象学的意义连在一起，这就是：疾病、疯狂、青春、死亡。

一、作为一种现代文明病的忧郁

疾病在古代文学中也会出现，比如《三国演义》中曹操的头风病，照现代医学看来可能是一种类似癫痫的疾病；《红楼梦》中林黛玉的病，应该就是现代医学意义上的肺病。更早的《诗经》中也有"相思病"一类的描写，"辗转反侧，寤寐思服"。现代意义上的作为"疾病隐喻"

的概念，更加深入人心。苏珊·桑塔格专门在她的著作《疾病的隐喻》①中讨论了诸如肺结核、癌症、艾滋病等现代疾病所包含的文化隐喻意义。这些都对我们理解海子的诗歌、理解他人格构造中的忧郁与病态提供了参照。

作为文学之不解之缘的一个现象，海子身上所表现出的是一种典型的忧郁症，一种现代性的病症。我们知道现在这个社会，压力比过去的社会更大，首先是个体压力大，就社会文化的构造来说，又有各种各样的问题，我们可以将之统称为"现代性的病症"。大家想一想，在人类的原始时代——我们直观一点说，在猴群里面有没有忧郁症呢？好像不能说完全没有，但是，猴群里面它不会有一种制度，把某些猴子"定义为"抑郁症患者，它的"文明"不存在这样一个机制，把某些人命名为一种疾病的患者，然后把他打入另册。在人类所谓的文明中，就会把这些人规定为病人，并且要将之关进医院甚至监狱。米歇尔·福柯的一本很有名的书《疯癫与文明》②，即是讲述西方历史中"疯癫"作为一种文化与制度的历史，它也是被逐步建构的，被人类"造出来"的一种疾病、一种现象。

忧郁在诗歌领域中源自浪漫主义的情绪，在浪漫主义诗歌以前，忧郁不能说没有，文艺复兴文学当中也有，比如说《哈姆莱特》中的

---

① [美]苏珊·桑塔格:《疾病的隐喻》，上海译文出版社，2003年版。
② [法]福柯:《疯癫与文明：理性时代的疯癫史》，三联书店，1999年版。

王子哈姆莱特就有忧郁的倾向。浪漫主义诗人将这种东西普遍化了，具有某种角色感，一定是一位忧郁的、苍白的、"王子般"的气质，一种角色感攫持了他们，所以个个都患上了这样一种文明病，一种概念性的、很主观性的病。所以浪漫主义诗人自我的暗示性很强，这种"忧郁认同"，首先不是"病理学意义上的忧郁症"，而是"美学上的忧郁症"，所以自我暗示的力量最终对于诗人的意识、性格和命运产生了深远影响，导致他们生活道路上的悲剧，现实人生的种种挫折和磨难。众所周知，浪漫主义诗人很少有活过三十岁的，几个活过三十岁的又死于意外事件，或死于决斗，或是自杀身亡。如俄国的普希金和莱蒙托夫，英国的拜伦和济慈，德国的海涅，匈牙利的裴多菲……苏格兰的彭斯，还有雪莱，他们都是在二十多岁，最多在三十几岁就走完了人生。这些短命的现象，跟他们的角色感可谓密切联系在一起。

延续到现代主义诗歌精神当中，原来的忧郁变成灰暗或晦暗的东西，直至变成一种死亡冲动，或者是一种疯狂冲动——后面会说到疯狂的问题。用雅斯贝斯的话说，是"深渊性格"或者倾向。在现代主义诗歌当中，诗人更多地书写死亡，以及跟死亡与深渊相联系的晦暗的情绪、无意识，这是关于疾病。

与此相联系的关键词，便是疯狂。疯狂有病理学的解释，也有哲学性的解释。病理学的解释肯定是从医学角度，可以判断是不是疯掉了。但是从哲学的角度，或者是从文明的角度，它又具有反讽性和批判性。即，不是这个人疯掉了，而是整个世俗世界出了问题。所以我们看到现代以来，诗人的精神世界与现实世界之间产生了不可调和的冲突。我们在鲁迅的《狂人日记》里非常清晰地看到，狂人一方面有病理学上的病症，他有"幻视""幻听"，他看到大街上的人认为都是要谋害他，这是一种典型的"迫害妄想症"——从病理学上可以定性为迫害妄想症。但是从文化、文明和哲学意义上，又能够看到启蒙主义思想，或者启蒙主义主题的隐喻性的传达。也就是说，狂人说出了历史和世界的真相，却被我们庸俗不堪的世俗世界定义为疯子。到底是谁疯了，这是个问题。所以疯狂在鲁迅的笔下，首先被我们理解为启蒙主义的乃至于革命的一种"先知的隐喻"，这种隐喻在历史上可以找到类比的例子，比如说拉奥孔，作为希腊史诗中的人物，特洛伊的王子、祭司，他识破了希腊人的特洛伊木马的诡计，他告诉特洛伊人说这是一个诡计，但是愚蠢的、庸众的、被胜利的幻象冲昏了头脑的特洛伊人却不相信拉奥孔的话，认为他是疯掉了，他们非要把木马拉进城里，结果遭到了袭击，遭到了屠城的灾难。就是说，历史上我们会把那些掌握真理的人称为先知，先知在庸众眼里常常就是疯子。

从哲学和精神现象学的意义上，这一下子打开了我们看问题的视野。比如说屈原，我们可以对屈原进行精神现象学的研究，一方面屈原确实有些问题，一个大男人，全身披满了香草、鲜花，待人傲慢，每每鄙夷、鄙视别人，"世人皆醉我独醒，世人皆浊我独清""朝饮木兰之坠露兮，夕餐秋菊之落英"，以诗歌的方式表达出来，似乎很美，但如果真的有一个大男人如此在你身边，你会认为他正常吗？即便你认为正常，现实社会能够接纳他吗？就像梁实秋所说的，"假如隔壁住着一个诗人"（梁实秋：《假如住在一位诗人的隔壁》）——这是他的一篇文章的名字，你会怎么看，假如屈原住在你的隔壁，大清早起来先到花园里徜徉一番，黄昏时又到花园里徘徊一阵，身上披满鲜花香草，在隔壁手舞足蹈，那你夜里能睡得着觉吗？从病理学的角度来说，他确实有一些预兆，有一些问题，可以判断他是出现了妄想症，或是类似于精神分裂的一种情形。但是我们从诗歌的角度、从文学的角度又可以将这解释为，一位伟大的爱国者不愿意与世俗同流合污，这一切都是他高尚、高洁人格的表现。经过伦理化想象以后，屈原变成了这样一个形象。但是如果我们不是如此概念化地看，愿意讨论他身上的复杂性，就会意识到，他是精神现象学意义上的诗人。

现代主义诗歌中这种情况就太多了，几乎所有的大诗人都要么疯掉了，要么自杀了。用雅斯贝斯的话说，"只有歌德是个例外，成功地躲过了深渊"，但是严格意义上来说，歌德不是现代主义的诗人，他是德国启蒙主义文学之父，启蒙主义文学的集大成者。比歌德稍晚一点，从荷尔德林开始，好像就没有例外了，伟大诗人都是"毁灭自己于作品之中",像爱伦·坡,像尼采、克莱斯特,包括艺术家凡·高,再晚一点是普拉斯……雅斯贝斯列了很长一串名字,他们都是疯狂的诗人。从哲学意义上理解,疯狂也可以说是"看见了世界的本源"①,凡·高眼睛里的这个燃烧的世界,一方面是精神分裂症患者眼中的世界,另一方面也可以理解为是雅斯贝斯所说的那个本真的世界、真相的世界,从凡·高的眼睛里,我们可以看到类似于爱因斯坦眼里的世界,我们不知道爱因斯坦看到的是什么世界,但是我们可以想象为类似于凡·高那样的"星夜"和"星空",因为它们是弯曲的,爱因斯坦的相对论不就认为,在速度接近或超过光速的情况下,空间会发生弯曲么。所以,从哲学意义上来说,疯狂也可以更接近世界的本质、本真和本源。

再有可以联系的一个角色就是哈姆莱特,他是一个"佯疯者"的角色,我之前已经说过多次,因为他一装疯,一切就变得敏感起来,变成了一个精神现象学的场域。装疯是可以缓解他和这个世界之间的不可缓解的矛盾冲突的唯一的方式。很显然,当你和这个世界发生了不可调和的冲突的时候怎么办?最好就是疯掉,要么就是死了,这样才可以回避尖锐的矛盾、责任和沉重的压力。而且当他一旦装疯的时候,他就变成了哲人,变成了诗人,他的言语立刻变

---

① [德]雅斯贝斯:《斯特林堡和梵·高》,见今道友信《存在主义美学》,辽宁人民出版社,1987年版,第110页,第148—152页。

得富有诗性和神性，这也跟古希腊从酒神节上诞生了艺术、诗歌、悲剧乃至哲学是相通的。这个问题很复杂，后面再说。

第三个关键词是青春。青春在海子这里，作为精神现象，应该是说1980年代特有的一种气质：一种混合着浪漫主义和启蒙主义的、开放而激进的精神，类似于德国的"狂飙突进"运动，这样一种充满诗意和冲动激情的时代精神，成为这个年代人们共有的精神取向和某种"时代病症"，就像在德国产生出了一种感伤主义情绪一样，"少年维特的烦恼"，因为青春期的恋爱与烦恼而最终自杀。海子某种意义上也是一个维特式的人物，既充满青春激情，同时又至为敏感，十分强大又非常脆弱，天性中透出一种悲观和忧郁的气质。当然，这又是1980年代特有的一种情绪，一种具有青春文化色调的指向。

"时代精神"这个词是谁发明的呢？是黑格尔。我们经常使用这样的词语，但是常常因为它的意识形态意味而曲解，或常常因为曲解而将之意识形态化。不过，它确乎是一种"被建构和被描述的总体性"，一种典型的形而上学的描述，是人为总结或命名出来的，但即便如此，某些时候它确乎是存在的，1980年代就是这样。而且在海子身上是至为典型的，能看到1980年代特有的那种青春、忧郁、浪漫，同时又带有现代主义的尖锐、黑暗和死亡倾向的这样一种文化气质。

海子诗歌中的青春气质，表现在很多方面，抒情与感伤的格调，爱情的、彼岸的、形而上学冲动的主题，大跨度跳跃的思维，还有修辞的浪漫、繁复、近乎"能指崇拜"的语言方式，太阳（父亲原型）与大地（母亲原型）的高密度的出现，都表明其成长中的忧郁、迷茫与创造激情同在的青春属性。

第四个关键词，也许是最为关键的，就是乡村。乡村作为文明载体——也即是说文化与精神意义上的乡村，她在最后解体之前，还具有其原始的、灵异的、魅性的想象方式，这种文化是传奇的，充满神性的，甚至必须保持部分的蒙昧意味的。而这样的文明在1980年代正在面临消亡。因此海德格尔早有"世界之夜已经来临"的说法，他所讲的"世界之夜"，在我理解应该指的是工业化时代、灯火通明的夜空——就像现在的各位，我们在这样的灯光下讲述神话，是不合时宜的，或者说是不得要领的。但是在乡村的黑夜里，在一豆烛光下，谈论诗歌和传奇，就是非常合适的。蒲松龄在电灯底下能写出《聊斋志异》来吗？门吱呀开了，一阵冷风进来，闪进了一个鬼狐女子……这怎么可能？在现代文明的这种氛围下，电器化时代的明亮的光照之下，世界才真正抵达了一个精神与文化意义上的黑夜，这是海德格尔讲的，也是本雅明所说的"机械复制的时代"，人的那种灵性、人的主体性、人的带着魅性的创造性就不见了，原始的属性不见了，通灵的思维和语言也都不见了。所以，某种意义上海子也可以被看作农业文明背景下产生的最后一位抒情诗人，最后一位大诗人。这就跟恩格斯说的一样，因为但丁的出现，一个时代结束了，另一个时代开始了。对于我们来说，海子也具有同样或类似的意义，他的诗意味着在诗歌领域的农业文明时代最终结束了，他是农业文明的背景下、乡村经验系统和语言系统中产生的最后一位大诗人。此后诗歌的语言将落于地面，神性与魅性将消失，我们只能说"机械复制时代"，或者是工业文明背景下的这种语言了。所以你们的微信里面，称所有的陌生人为"亲"（众笑），这个在以前是不可能的。1980年代的人们，如果没有充分理由称呼人家"亲爱的"，是会被视为"耍流氓"的。现在则是把毫不相干的人称作亲，这个亲的意思，可想而知，便是海子在《面朝大海，春暖花开》中所祝福的"陌生人"的意思了。

这是我从网上找到的，像油画一样的一个精神病院的景象，这是精神病院里的精神病人；这是静谧的乡村田园世界，可能是我们这个时代最后的乡村景观了。这是凡·高笔下的五月的麦地，收获的季节。这是海子的《九月》，我给大一年级上课的时候给大家放过，有个盲人歌手叫周云蓬，他唱的，我们再重温一下。（歌曲《九月》现场播放，演唱：周云蓬）

不知道大家听了是什么感觉，我的感觉就俩字——"忧郁"。

什么叫忧郁？这就是忧郁。没来由的一种萦绕周身的、挥斥难去的、无法拒绝的、无法排遣的一种情绪，就是忧郁。这是一种前现代的文化，在浪漫主义诗歌美学中，它是一个必备的元素，当我们说诗人的忧郁的时候，意味着是在说一种高贵的禀赋和素质，甚至它都被伦理化地谈论，变成了一种与崇高和纯粹同在的、与诗歌之美同在的东西。这是浪漫主义的诗歌观念，但从现代主义兴起以来，这种"忧郁"就降解或者病态化地变成了"抑郁"甚至"疯狂"和"精神分裂"，变成了一种病，它的美感变成了深刻或者绝望，荒诞或者荒谬，变得没有温度，只有冷酷了。我们看到，在海子的诗歌中，同时有着忧郁和抑郁的、统一与分裂的、温暖而又绝望的、和谐而又荒诞的美感。这说明，海子是在一种巨大的过渡之中。

没有来由的忧郁，不是因为失恋、丢东西、没得到奖学金，"不是为了明天的面包"[1]，不是这些原因，就是没来由的、类似于李白所说的"万古愁"。"万古愁"是一种什么愁？不是具体的愁，是一种永恒的、形而上学的悲伤、大悲伤——就像鲁迅所说，是一种情绪，这种情绪是与生俱来的。这首诗中的愁绪为什么会如此抓人？各位知道，海子的家乡是安徽，安徽没有草原，海子也没有草原上的童年，但是他却反复地歌咏草原，为什么呢？或许会有些具体的原因——海子早期的部分诗作是友人帮助他在内蒙古的一个刊物（大概就叫《草原》）上发表的。但归根结底，我认为是他借此能够找到一种最能表

---

[1] 依群：《巴黎公社》（1971年），见唐晓渡编《在黎明的铜镜中：朦胧诗卷》，北京师范大学出版社，1993年版。

现荒古之情绪的，可以与大悲凉、大悲伤、万古愁相匹配的一个载体、一个镜像，那就是草原。而且草原本身并不是完全荒凉的，它也会有生机与活力；但这野花盛开的时刻，反而更能引人悲伤，这是为什么呢？因为有万古愁啊，它就是这么一个空间，辽阔的、史前的，辽阔到什么程度呢？就是让人绝望的。美到什么程度呢？就是让人绝望的。这样的一个世界中，发生了类似《春江花月夜》那样的一个场景，个体的有限性与存在的无限性突然相遇，而且古典的那种诗意情怀与浪漫玄想已然不再，剩下的是个体生命的无助与绝望。他体悟到这亘古的荒凉与不朽的存在，但毫无办法，无法传达内心的感受，唯有一种忧郁与绝望。

因此这是一个生命事件，既悲伤又生气勃勃的一个生命事件，这个经验至为复杂，难于说清。这当然是一个哲学问题，按下这个问题不表，另一个重要的问题是如何表现和书写。如何写？这就需要"还原"，海子也最懂得还原。还原是什么？就是回到再也无法超过的地方，还原到最无法还原的那个地方。我们在时间和空间上上溯，上溯到无法再上溯的地方，那就是荒古、亘古，"前不见古人"的古，这就是还原。关于这一点，"非非主义"曾经有一套繁复的理论，要"意识还原，语言还原"，但在实践层面上，却也始终面临着一个困境，因为他们试图抵达的"前文化状态"，实在是一个险境和陷阱。"前文化"对应着"前历史"，也对应着"前语言"。去哪里寻找对应的词语？因此词语的还原是相对的，必须借用的，借用那些与现代语义相对较远的词语来加以实现。因此，海子是最成功的，在他的语言世界里，几乎没有一个词是纯然现代的，跟机械复制有关的。《九月》中所见都是古老的东西，这个马头琴，他把它还原为"一个叫马头一个叫马尾"，在周云蓬的歌里面甚至错把它还原为了"木头"，是吧？"一个叫木头，一个叫马尾"，"我的琴声呜咽，泪水全无"，琴声呜咽是说琴本身就在哭，人就不必哭了，再哭其实是多余的，连泪水都是多余的。地理的标记超越了时间性，草原的古老，在这里实际上和我们整个中国诗歌中的一个传统是连在一起的，就是"登高怀古"。古人喜欢登高，为什么登高以后就能怀古？这意味着，在空间上处于一个高度，在时间上必然也上溯到一个高度，就和世俗世界拉开了距离。你在炊烟当中、在村庄里、在行人摩肩接踵的地方能怀古吗？这么一点微小的距离，不可能出现一个哲学情境，什么时候会是哲学情境呢？就是登高望远，所有的坐标都变得更为空旷、更为古老的时候，人就具有了哲学处境，个体变得渺小，个体和世界的关系处在这样一种戏剧性的、对照性的关系当中。就像是张若虚看到了海上生明月，就会追想"谁家今夜扁舟子，何处相思明月楼""不知江月待何人，但见长江送流水……"就产生出哲学情境了。这个地方也是如此，一片无尽的草原，让人感觉到仿佛地老天荒，这种忧郁便莫名而来，挥之难去，无法解决、无法解释。

忧郁是与生俱来的。这是我搜到的关于草原的一些景象，看图片觉得会很美，但是人一旦真的站在那儿，就觉得像旷古的一粒灰尘，茫茫大千世界的一粒沙子。在大自然的面前，人会很自然地有一种绝望感觉，有时就会让你觉得美得想哭……

二、如何表现忧郁与死亡，陌生美学的建立

需要通过例证来讨论上述主题。让我们来看看一些典型的作品。

这首《月》给人的感觉非常奇特，而且特别陌生。怀想我们的古人，从张若虚、李白、贾岛、苏轼以来的无数前人的诗中都写过月亮，但海子显然和他们没有传承关系，至少让我们感觉不到这种传承。在海子之前，"非非主义"诗人曾想颠覆汉语中积淀太深的那些"所指"，因为关于月亮的那些"文化的积淀"，实在是太多了，没有办法，所以写月亮的时候，他们只好将之写成"天上那个明晃晃的东西"，但这就是钻牛角尖，纯粹属于修辞策略了，而不再是诗。海子受到了非非主义和整体主义诗歌观念的影响，在他的史诗写作中确乎也贯彻了类似的想法，也有一套"前文化"式的编码，别人都看不懂他的这套编码，但仔细研究也会发现一些规律，有破译的可能。包括海子自己也曾给出过一些提示，他在《诗学，一份提纲》中自己说："……豹子的粗糙的感情是一种原生的欲望和蜕化的欲望杂陈。

狮子是诗。骆驼是穿越内心地域和沙漠的负重的天才现象。公牛是虚假和饥饿的外壳。马是人类、女人和大地的基本表情。玫瑰与羔羊是赤子、赤子之心和天国的选民，是救赎和情感的导师。鹰是一种原始生动的诗，诗人与天国合一时代的诗。王就是王。酒就是酒。"①这似乎是"海子诗歌密码"的一个样本了，但实际上海子写作时并不会照此来操作，他这样说也只是一个"比方说"的意思，我们照此翻译就更看不明白了。但不管怎么说，他确乎比较明显地摆脱了"文化语义"中的各种积淀，将词语中"陈旧的硬物"做了一些有效的剔除。

特别是在短诗中，部分地达到了他超越文化语义，重建词语的新鲜内涵的目的。

我们来看海子是怎么写的。

炊烟上下
月亮是掘井的白猿
月亮是惨笑的河流上的白猿

如何读这样的诗歌？我们知道那个水中捞月的故事是关于猴

---

① 海子：《诗学：一份提纲》，见西川编《海子诗全编》，上海三联书店，1997年版，第889—890页。

子的，所以，这里的"白猿"似乎也可以理解，我感觉海子可能也使用了这个故事。但是他没有很容易地掉入前人的语言陷阱，他用了"白猿"这样一个生造的意象，而且赋予了它们以"惨笑"的现代感。

但他马上把海德格尔式的命题也放在这儿了——海德格尔的《存在与时间》中有一个很重要的概念，叫作"被抛掷者"，指一个人生下来，就被父母抛掷到这个世界上，就变成了孤单无助的个体。我们的生命一旦脱离了母亲的身体，就必须独自在时间的河流中前行，但在时间之河中，我们必定是一个溺毙者，最终将湮灭于这孤独的漂流。所以人生的两种境遇就是"烦"与"畏"。"烦"是"烦恼"的"烦"，"畏"当然是"畏惧"的"畏"。海子接受得更多的，是西方存在主义哲学的一些观念，所以月亮漂在河流之中，在他看来是惨笑的猴子，明晃晃的猴子，所以叫白猿。

> 多少回天上的伤口淌血
> 白猿流过钟楼
> 月亮是惨笑的白猿
> 月亮自己心碎
> 月亮早已心碎

月亮在水里面晃动，像是天上的伤口在淌血，它流过时间之河；"钟楼"其实还是一个时间符号，强调这首诗中的时间主题；"惨笑"是全诗中的主题词，在反复吟咏重复；"心碎"当然是说在水里的景象。这些意象看起来都是很陌生的，但是细加体悟，与我们的古人所写的那些惆怅，那些关于生命的万古之愁是一样的东西。只是他在语义上，在词语的选择上刻意地回避了那些熟悉的东西。

任何美景对于中国人来说都是引起感慨惆怅的东西，所谓良辰美景奈何天，我们中国古人在表达对良辰美景的感受时，也常常是觉得无以言喻，难以言表，所谓"奈何天"。在海子这里，就是他无法根治的忧郁，无法言喻的抑郁，这些情绪挟持了他整个的感受，控制了他整个的人。

再看这首《秋》：

秋天深了 神的家中鹰在集合

神的故乡鹰在言语

秋天深了 王在写诗

在这个世界上秋天深了

该得到的尚未得到

该丧失的早已丧失

仍然是时间主题，海子在他的诗论中也反复提到时间主题的问题[1]。但他的表达始终坚持了陌生化的原则，以及"还原"的方法和形象。"秋"既不是地点也不是明确的时间，但同时又既是地点又是时间；"神"是语焉不详的身份，但强调了它的原始性与神秘性，"王"也一样，只是与神相比，他是在人间的，神在天上，王在人间。"鹰"代表了生物界的王者，显然这是王者的对话，在神的故乡，鹰在言语，王在写诗，其实也很明白，王者即鹰。但即便如此，他们能够写出好的诗句，能够以至高智慧拥有现在，也无法抗拒生命本身的脆弱和缺憾。因为"秋"已然昭示了生命的短暂。这个王仿佛拥有一切，但又无可奈何。他一方面把自己想象成一位主宰者，语言的王者，但是在物质的层面上，他又几乎是一个一文不名的穷小子。

这其实与曹操的"对酒当歌，人生几何"，以及苏东坡的"不知天上宫阙，今夕是何年"又何其相似；与张若虚的《春江花月夜》中"白云一片去悠悠，青枫浦上不胜愁"也何其相似。只是在修辞上，海子刻意地实现了与他们之间的断裂，因为他的诗歌观念确乎与非非主义也有相似之处。

接下来是《幸福一日，致秋天的花楸树》，这首诗表面上是表达

---

[1] 海子：《诗学：一份提纲》的第六节"沙漠"，曾谈及"神话是时间的形式"，以及"两种时间"，即"玄学的时间"和"生活着的悲剧时间"等问题。见西川编《海子诗全编》，上海三联书店，1997年版，第908页。

幸福，但我们也可以看到幸福后面，那种固执的负面的情绪。这一天可能是他有喜事、有好事，所以：

> 我无限的热爱着新的一日
> 今天的太阳 今天的马 今天的花楸树
> 使我健康 富足 拥有一生

这显然是欢乐的情绪，或者至少是有好事或者喜事的消息，有所期盼、想象与憧憬。因为这样的心情，看什么都有一种幸福感。

> 从黎明到黄昏
> 阳光充足
> 胜过一切过去的诗
> 幸福找到我
> 幸福说："瞧 这个诗人
> 他比我本人还要幸福"

有没有可能是爱情来到了他的生活中？这是有可能的，但即便是在这种幸福的时刻，绝望、黑暗的负面情绪依然萦绕着他，笼罩和控制着他，死亡的意象如同骨头，历经丰饶之后又水落石出。

>在劈开了我的秋天
>
>在劈开了我的骨头的秋天
>
>我爱你,花楸树

这个我就没法解释了,这横竖是一首"不讲理"的诗,虽然好事临头,也还是无法改变他的心境。或者有另一种可能,就是说反话,用了幸福的花楸树这样的意象反衬自己的不如意,也未可知。这里能够做的,或许就是让大家感受一下,他即便是在表达欢乐情绪,仍然有一个独特性的东西,就是他无法自拔的忧郁。

海子的魅力或者魔力,在很大程度是来源于他的陌生感,其"难懂"的属性,一方面构成了解读的障碍,另一方面也构成了他的神秘性与深度,这也是一个精神现象学的问题。诗歌本身有"佯疯"的属性,前面曾说到,哈姆莱特本来不是诗人,但是他一装疯就"变成"了诗人和哲人,"生存还是毁灭,这是个值得考虑的问题,是徒然忍受命运的毒箭,忍受人世那无涯的苦难,还是挺身反抗……"。他一旦不好好说话,一旦神经兮兮、神秘兮兮,就变成了诗人,他的语言就具有了晦暗而多意的性质。这是很有意思的现象,而一旦话题与忧郁和死亡挂上了钩,问题就会变得更加不一样。诗歌自古就可以将负面的情绪进行"美学的转化",兴观群怨中的"怨"就是负面的,《离骚》中的"骚"也是负面的,但是经过诗意的修辞之后,"骚"与"怨"就都变成了美的东西。

我曾经多次讲到雅斯贝斯的说法,他认为伟大诗人都与疯狂有着必然的关系,他所说的"一次性的写作"中,也包含了这层意思。"伟大诗人都是毁灭自己于作品之中""寻常人只看见世界的表象,只有伟大的精神病患者才能看见世界的本源"。我们寻常人是"无数欲狂而不能的模仿者",所以写作具有"佯疯"的性质。这些话,有的是原话,有的是我的发挥。假如从创作主体的角度来看,是佯疯导致了诗的状态,犹如哈姆莱特因为装疯而变成了诗人;假如从文本的角度看,所有具有精神现象学意义的作品,也都可以上溯到作者的精神境遇与状态而进行分析。

三、幻觉与错乱:死亡的直接表现及分析

海子有大量直接触及死亡问题的诗篇,这些作品都包含着大量的"死亡信息",解读起来是非常困难和危险的,但我们也不能回避。这里我打算与各位一起讨论一下海子的三首关于死亡的诗歌,它们之间有密切的互文关系,也是一个系列,当然在文本上也是一个递进的关系,一个"愈来愈严重"的倾向的体现。

先看第一首,《死亡之诗(之一)》:

漆黑的夜里有一种笑声笑断我坟墓的木板
　　你可知道，这是一片埋葬老虎的土地

　　博尔赫斯有个很有名的比喻叫"老虎的黄金"，海子也非常喜欢用"老虎"，因为老虎有让人惊心动魄的斑斓的花纹，有金黄的毛色，他把自己想象为一个猛虎。这意味着敏锐、惊警，充满洞察力和危险度，同时还意味着精气神的一种理想状态，如同古人喜欢在自己的房间里挂一幅画，一只猛虎，象征着一种精神一样。

　　正当水面上渡过一只火红的老虎
　　你的笑声使河流漂浮
　　的老虎
　　断了两根骨头
　　正在这条河流开始在存有笑声的黑夜里结冰
　　断腿的老虎顺河而下来到我的
　　窗前

　　一块埋葬老虎的木板
　　被一种笑声笑断两截

这首诗在我看来，是在海子诗中"不可解"的一类中的一首，无法准确解读。但我想我们可以把它做一种简单化的理解，即：这是一首充满幻觉的诗歌，类似于顾城《鬼进城》，可以看出"幻听""幻视"的现象，其中的这些景致和细节，其实都已经不是常态的想象与隐喻，而是一些作用于海子头脑的不正常的事物与声音。这与鲁迅在《狂人日记》中所写的"黑漆漆的夜，赵家的狗又叫起来了"，对照一下其中的若干段落，就可以看出两者是多么相像："今天全没月光，我知道不妙。早上小心出门，赵贵翁的眼色便怪：似乎怕我，似乎想害我。还有七八个人，交头接耳的议论我，张着嘴，对我笑了一笑；我便从头直冷到脚跟，晓得他们布置，都已妥当了……"这些无厘头的环境描写，都是幻觉的表达。

如果，上述还只是猜测，那么这首《死亡之诗（之二）》，更可以看出他的自杀倾向：

我所能看见的少女
水中的少女
请在麦地之中
清理好我的骨头
如一束芦花的骨头

把他装在箱子里带回

这些语言已经多少可以看出些问题了,总体诗意是清楚的,但有些比喻按照常理来说是不太恰当的。"水中的少女"是可以理解的,纯洁如水,女儿是水做的,还有"所谓伊人,在水一方"之类。"像一束芦花"的骨头似乎就不太好讲,芦花是白的,如白发,但是骨头再瘦,也不可能像芦花一样轻。但这时候,我们可以清楚地看到海子的死亡想象,他在想象自己死后的情景,有他所爱的女性的抚慰,或者最后的收殓与安葬。就像《四姐妹》一诗中所写的一样:

我所能看见的
洁净的少女,河流上的少女
请把手伸到麦地之中
当我没有希望坐在一束
麦子上回家

他还是把自己想象为一个土地之子,一个最终属于乡村的孤魂,魂归故里,显形为一株麦子。类似于《四姐妹》中所描述的,"空气中的一颗麦子,高举到我的头顶",这是海子想象自己的灵魂之相,他的最终归宿之地，之形，他死后就被埋葬在置于麦地之中的坟墓里，他安卧其中，在茫茫黑夜，神州大地之上，怀想生前的情景，那"蓝色远方的四姐妹"，想到此刻他身在荒芜的山岗上，隐于麦地的坟墓之中，无望地怀念着，那个生前的小小房间，无人问津，落满了灰尘。

> 请整理好我那凌乱的骨头
> 放入一个小木柜。带回它
> 像带回你们富裕的嫁妆

还是在想象自己死后，人们如何料理自己的后事。当然，你也可以认为其中不无"撒娇"的成分——对他爱的人撒娇，希望有人最终还怀着对他的爱，来处理他的后事，来痛哭和怀念，"四姐妹抱着这一颗麦子，空气中的麦子……"。但他说的是反话，"像带回你们的嫁妆"，其实是一无所有，因为他设想，所爱的人不在了，拥有的只是骨灰，这对于活着的人也是一种惩罚，你想一想这是什么情绪？一种至为灰暗的情绪。

> 但是，不要告诉我
> 扶着木头，正在干草上晾衣的
> 母亲。

这是海子最担心的，这再一次证明了海子明显的自杀倾向，他反复思忖，还是特别担心、特别放不下他的母亲，因为他料想这会深深地伤害她，一个深爱儿子的、无助的、瘦弱和日渐苍老的母亲。

关于这首诗，我的提示就是，海子在意识与幻觉中出现了明显的自杀倾向。写作者沉浸其间难以自拔，唯一的忌惮就是担心母亲受不住。

再看这首《死亡之诗（之三）》，可以说与前两首构成了思绪上的递进关系，更甚于之前的冲动与病态表征，可以说已陷入了错乱，精神状态已经非常混乱，诗本身已经真的"不可解"了：

> 雨夜偷牛的人
> 爬进了我的窗户
> 在我做梦的身子上
> 采摘葵花
>
> 我仍在沉睡
> 在我睡梦的身子上
> 开放了彩色的葵花

这是类似于达利的绘画一样的、无厘头的噩梦，难以睡眠，且在睡眠之中不断出现的混乱和套叠的梦境。幻觉之中，自己身上出现了伤口或者溃烂，这都是比较严重的幻想症。

> 那双采摘的手
> 仍像葵花田中
> 美丽笨拙的鸽子
>
> 雨夜偷牛的人
> 把我从人类
> 身体中偷走
> 我仍在沉睡

这都是荒诞不经的无法解释的梦境。所想象的事物之间，已经明显没有逻辑了——

> 我被带到身体之外
> 葵花之外。我是世界上
> 第一头母牛（死的皇后）

按照我的能力是解释不了了，我怎么会是"世界上第一头母牛"，就性别而言也是错乱的，精神的错乱导致了语言的错乱。

> 我觉得自己很美
> 我仍在沉睡。

这你也可以把达利的画拿出来做一个对照，达利的画我之前也曾经给大家展示过。

> 雨夜偷牛的人
> 于是非常高兴
> 自己变成了另外的彩色母牛
> 在我的身体中
> 兴高采烈地奔跑

这个"偷牛的人"采摘了我身上的葵花之后，又回到了我的身体，和我融为一体，这是一个自我的分裂。我可以给大家展示一些幻觉图片，以帮助各位理解。

下面这个材料，是我从网上找到的，大家也姑妄听之。我们来试图更全面地理解海子，如果这些东西回避了，就不可能了解真实的海子。以上几首诗，大家都已经差不多有一些理解了，都可以看作是典型的忧郁症和幻想症的证明。确乎，海子自杀前出现了幻视幻听，有一个网上的材料，我觉得这应该是真的，就是海子的遗书。原来我也没有认真地研读过这些东西，但是我认真看了之后，吓了我一跳。

第一封

今晚，我十分清醒地意识到：是常远和孙舸这两个道教巫徒（请注意，这里说明海子真的病了，他确实罹患分裂症了，常远孙舸这两个人可能确有其人，有可能是他认识的两个人。）使我耳朵里充满了幻听，大部分声音都是他俩的声音。他们大概在上个星期四那天就使我突然昏迷，弄开我的心眼，我的所谓"心眼通"和"天耳通"就是他们造成的。（这是典型的幻视和幻听，"心眼通"是幻视，"天耳通"是幻听。）还是有关朋友告诉我，我也是这样感到的。他们想使我精神分裂，或自杀。今天晚上，他们对我幻听的折磨达到顶点。（海子自己也知道这是幻听，但无法自制。）我的任何突然死亡或精神分裂或自杀，都是他们一手造成的。一定要追究这两个人的刑事责任。

海子

1989.3.24（3月26日自杀的，这是两日前。）

第二封

　　另外，我还提请人们注意，今天晚上他们对我的幻听折磨表明，他们对我的言语威胁表明，和我有关的其他人员的精神分裂或任何死亡都肯定与他们有关。（他认为二人不只是危害到我，还危害到别人。）我的幻听到心声中大部分阴暗内容都是他们灌输的。（这是迫害妄想症的典型表现。）

　　现在我的神智十分清醒。（说明是间歇性的发作，海子有非常强大的理性，力图对自我进行克制和分析。）

海 子

1989.3.24 凌晨 5 点（这都是凌晨，到了第二天了。）

第三封

爸爸、妈妈、弟弟：

　　如若我精神分裂，或自杀，或突然死亡，一定要找中央政法管理干部学院常远报仇，但首先必须学好气功。（这表明了海子的病情与气功之间的关系，他一直误以为气功可以强身治病，但据西川的文章《死亡后记》中说，练气功刚好诱发了他的病情。）

海 子

1989.3.25

第四封

一禾兄（即：诗人骆一禾，《十月》杂志编辑，海子的好朋友，在海子死后两三个月，骆一禾突发脑溢血，二十多岁的年轻人忽然就死了。两人是至交，海子生前发表出来的诗多半都是他给发的，其他地方发表的比如《草原》杂志，据说那个刊物有个女编辑曾是海子的女友，一度关系密切。）：

我是被害而死。凶手是邪恶奸险的道教败类常远。他把我逼到了精神边缘的边缘。我只有一死。诗稿在昌平的一木箱子中，如可能请帮助整理一些。《十月》2 期的稿费可还一平兄，欠他的钱永远不能还清了。遗憾。（进一步证明了海子坚信他的幻觉，认为常远是他的加害者；第二点就是海子确实很穷，临死还欠着账。但这会儿他的意识很清晰。）

海 子

1989．3．25

第五封

校领导：

从上个星期四以来，我的所有行为都是因暴徒常远残暴地揭开我的心眼或耳神通引起的。然后，他和孙舸又对我进行了一个多星期的听幻觉折磨，直到现在仍然愈演愈烈地进行，知道他们的预期目的，就是造成我的精神分裂、突然死亡或自杀。这一切后果，都必须由常远或孙舸负责。常远：中央政法管理干部学院；孙舸：现在武汉，其他有关人员的一切精神伤害或死亡都必须也由常远和孙舸负责。

海子
1989.3.25

上述文字表明，海子一方面坚信他的幻觉中的两个人是他的加害者，另一方面又非常顽强地进行了自我分析，试图负责任地把后事处置好，分别给自己、家人、朋友、单位写好了遗书，说明他死亡的原因。

关于海子的死因，最权威的说法应该是出自西川的短文《死亡后记》[1]，此文后来附到了上海三联书店出版的《海子诗全编》之中。因为西川与海子是生前好友和同窗，对原委情况比较了解，所以他根据各种信息所做出的判断应该是比较可信的。

---

[1] 西川：《死亡后记》，见西川编《海子诗全编》，上海三联书店，1997年版。西川将海子自杀的原因做了详细分析，认为包括"自杀情结""性格因素""生活方式""荣誉问题""气功问题""自杀导火索""写作方式与写作理想"七个方面。这应是理解其性格与命运的可靠解释。

这里我给大家读一段：

要探究海子自杀的原因，不能不谈到他的性格。他纯洁，简单，有时沉浸在痛苦之中不能自拔。偏执，倔强，敏感，（这些性格当然是异样的，也是常态的，这样性格的人也是日常生活中常见的。简单讲，我们可以将之归结为"有问题的禀赋"。）（他说到，海子的爱情生活或许是最重要的一个直接原因）。在自杀前的那个星期五，海子见到了他初恋的女朋友。这个女孩子1987年毕业于中国政法大学，（当年海子已经在政法大学任教四年了，我估计后来海子写的那些爱情诗——我们后面会讲到，那些非常热烈和性感的甚至比较带有肉体意味的、身体性比较强的诗，应该是写给这个女孩的，所以他和这个女孩的感情应该是比较深的。）在做学生时喜欢海子的诗。她是海子一生所深爱的人，海子为她写过许多爱情诗，发起疯来一封情书可以写到两万字以上。至于他们到底是因为什么分手的，我不得而知。但在海子最后一次见到她时，她已在深圳建立了自己的家庭。海子见到她，她对海子很冷淡。当天晚上，海子与同事喝了好多酒。他大概是喝得太多了，讲了许多当年他和这个女孩子的事。第二天早上酒醒过来，他问同事他昨天晚上说了些什么，是不是讲了些他不该说的话。同事说你什么也没说，但海子坚信自己讲了许多会伤害那个女孩子的话。他感到万分自责，不能自我原谅，觉得对不起自己所爱的人。（这是他自杀的一个直接原因，这件事让他自责而沮丧，沉浸于这种沮丧中，极有可能是自杀的一个直接诱因。）他的临终遗言是装在口袋里的，（你看这是他了不起的地方，之前他写了那么多话，要追究那两个人，但是最后一刻他清醒了。）他说："我是中国政法大学哲学教研室教师，我叫查海生，我的死与任何人无关。"（这是他最后的遗言。这些话都有助于大家来全面地、立体地感知海子。他既是一个大诗人，同时又是一个抑郁症患者；既是一个患迫害妄想症的病人，同时又是一位富有理性和宽容精神的勇士，一位如他自己所说的"烈士"；既是一个个体意义上的孤独的生存者，同时又是属于时代风云际会的"文化英雄"。）①

海子之死还有人在做其他研究。所谓"证据学之谜"，是中国政法大学一位叫作熊继宁的学者一直在做的，他的观点也至为复杂，在此不做评论。我还是坚持以精神现象学的观点看问题，可能更为简单和接近真相。事实上，任何一个自杀的人都既是出于冲动，又是出于长期的思考所做出的决断，不可能没有长期的原因。对于海子来说，长期的忧郁性格，敏感与自尊的气质，还有内心无法自拔的深渊冲动，都是笼罩其日常状态的背景性因素。这些或许是与生俱来的，也可能

---

① 西川：《死亡后记》，见《海子诗全编》，上海三联书店，1997年版，第923页，第927—928页。

是在成长过程中形成的。具体原因中，当然还会有写作的触发，长期生活于想象之中，无疑是会触发幻觉的；根据西川的说法，还有气功练习所引发的问题，这些都是与1980年代文化有关的。不管怎么说，从病理学的意义上，至少海子自杀前确乎出现了类似于"迫害妄想症"一类的病症。

但这丝毫也不妨碍他作为诗人的杰出和重要，这一点我们不再重复。他与历史上一切伟大诗人都一样，坚持了"一次性的写作"与"一次性的生存"这样的原则，"毁灭自己于作品之中"，[1]以此实现了他伟大诗歌的理想。这一点，上一讲中已经做了专门讨论，这里就不再重复了。

---

[1] ［德］雅斯贝斯：《斯特林堡和梵·高》，见今道友信《存在主义美学·译者前言》，辽宁人民出版社，1987年版。

第 四 讲

村庄、土地、大地、原乡：
海子诗歌的基本母题与美学根基

有时我孤独一人坐下

在五月的麦地　梦想众兄弟

看到家乡的卵石滚满了河滩

黄昏常存弧形的天空

让大地上布满哀伤的村庄

有时我孤独一人坐在麦地为众兄弟背诵中国诗歌

——海子：《五月的麦地》

大地却是为了缺乏和遗憾而发现的一只神圣的杯子，血，事业和腥味之血，罪行之血，喜悦之血，烈火焚烧又猝然熄灭之血。

——海子：《诗学：一份提纲·朝霞》

小　引

关于"土地母题"的问题，第二讲中已谈及，这里再重点展开谈一谈。母题（Motive）的含义中一定具有人类学的性质，在原型的意义上，它也与集体记忆或无意识密切相关；从隐喻的意义上，它又是最核心和最古老的"原始意象"。如果说文学中存在最核心的两个母题的话，我以为即是"太阳"和"土地"。所谓"皇天后土"，"皇天"即太阳，太阳是父本，是认知范畴，是统治者或王；"后土"即土地，土地是母本，是本体范畴，是"后"，或是众王之母。在现代哲学尤其是海德格尔哲学的意义上，土地还可以被视为是"大地"。这两大原型或者母题，同时也是这个星球上最为本源的两个意象，是一切文学主题的核心和原始母本。

海子诗歌中的太阳主题是最为显在的，他的《太阳·七部书》（1986—1988），作为其后期长诗作品的总汇，核心主题即太阳，关于王，关于创世，关于认知、统治、创造、秩序、弑父、悲剧，以及哲学与原罪等，都是从这里生发延伸出来的。但这一部分实在是太复杂和艰深了，以我的功力和心思，仍然不愿，也不太敢涉足。加之，我之前反复强调的一个说法即是"海子诗歌的不可解读性"的问题，并非完全是出于"偷懒"，而确实是一个哲学性的问题。所以，让我们小心翼翼地回避掉这一部分，来看看它更加原始和质朴的部分：土地母题。这部分既包括早期的三部长诗，《河流》《传说》《但是水，水，水》，同时也包括了大量以乡村和土地为吟咏对象的短诗。前者偏于总体性、本体和本源的探究，后者偏于现象与表征。用海子自己的话说，一类是"纯诗"，一类是"真诗"，前者为抒情诗，后者为真理诗，"大诗"。①除此之外，《太阳·七部书》中的核心部分《太阳·土地篇》，也关涉大地主题，甚至可以说是大地主题的核心篇章，海子关于大地的观念，更多地保留在这部分当中。

土地在海子的诗里有一个基本结构，即是关于"村庄、土地、大地、原乡"的四个同心圆，或者同构物，或是"套娃体"。这四个词连在一起，形成了由里到外的套叠关系，村庄是其中最小的，它在海子诗歌中是最小的生存单元——当然还有更小的，那就是他的"六口之家"，作为生存者的农人。但他所说的村庄其实也就是他的六口之家的住所，他自己当然也作为在场者，"亲人们"，这是他关于村庄最典型的称谓。在村庄的下面和周围，更大一点的是土地——也常常化为"麦地"，它是故乡之基和养育之母，是生存之本。他诗歌中常常出现的"泥土""墓地"大约都属于这一范畴。土地扩展到远方，变成了哲学意义上的本体，就是海德格尔在阐释"艺

---

① 海子：《动作（〈太阳·断头篇·代后记〉）》，见西川编《海子诗全编》，上海三联书店，1997年版，第888页。

术作品的本源与物性",阐释荷尔德林的作品时所说的大地。大地是他的哲学意义上的生存根基,是由艺术作品和神性照耀所确立的属性。用海子自己的话说就是"广阔的土地收缩为火,给众神奠定了聚居地"(《太阳·土地篇·众神的黄昏》),用海德格尔的话说即是,"一座希腊的神殿使大地成为大地","作品使大地成为大地"①,"作品使世界世界化了"。最抽象也最虚的这个部分,可以叫作"精神的原乡",即生命与生存的故乡,作为实体它是很小的,但作为隐喻又是无限大的,是精神的升华或者虚拟,或者也可以对等地解释为"大地的内化"之物——变成了精神的乌托邦或者虚构之物。它在过于形而上学的大地中添加了主体性的关联,变成了"故乡的本源性"的隐喻。

简言之,"村庄"是海子诗歌的原点、价值观的起点,是农业生存的理想、生存经验的根基;"土地"是其记忆和情感的载体,是其乡村经验和物象的整合体。比村庄更大的是村庄周围的土地、庄稼、河流、山川、麦地,是他诗歌中出现最多的意象和物象;"大地"是他从乡村经验和乡村根基中抽象出来的哲学存在,一个隐含在他作品背后的、无比辽阔而神秘的、作为世界本体的存在之物。那么大地因何而诞生呢?因为人和信仰,大地与个体经验的结合物,即是

---

① [德]海德格尔《人、诗意地安居——海德格尔语要》,郜元宝译,上海远东出版社,1995年版,第101—102页。

所谓精神的"原乡"。它是一个神话化了的、永恒的归所与抒情对象。

这样说似乎都太抽象了，一旦结合作品来讨论，便会简洁和清晰得多。

一、土地的彰显：从伦理学到哲学

显然，大地是海子与西方存在主义哲学相交相融的一个重要概念，在海德格尔、荷尔德林、凡·高的艺术概念中，都可以找到对应的作品。海子的"半神"和"神子"的自我意识，也是在荷尔德林这里找到了呼应。"在沙漠上在孤独中的神圣的黑夜里涌出了一条养育万物的大河，一个半神在河上漫游、唱歌，漂泊，一个神子在唱歌，像人间的儿童，赤子，唱歌……"①以我的认知范围，我可以说，在中国当代诗人中，海子是第一个领悟到哲学意义上的大地的诗人，也是第一个如此准确、到位和传神地论述荷尔德林的诗人。仿佛海德格尔在《诗·语言·思》等著述中关于大地、世界、作品的阐释是"专为"海子所作；也仿佛海子的《诗学：一份提纲》是"专门"对荷尔德林和海德格尔诗学的回应。究竟海子是通过什么渠道、什么版本对于海德格尔的思想有了深邃理解？我尚不得而知。但有一点可以肯定，对荷尔德林诗

---

① 海子：《我热爱的诗人——荷尔德林》，见西川编《海子诗全编》，第915页。

歌的理解是一个共同的最重要的媒介，同时，海子和海德格尔的看法之间，又确实有许多"英雄所见略同"的地方，这是我们要认真面对和小心加以考据的。

"大地"是什么时候彰显的，它和"土地"又是什么关系，这需要做一个梳理。在海子之前，谈论"大地"的人极其罕见——我不能说没有人谈论。翻开1980年代中期的报纸杂志，偶尔会看到这两个词语的踪迹。在廖亦武的《情侣》中有这样的句子："那块供我歇脚的大陆在哪儿？/那块与实有的土地相对应的缥缈的土地在哪儿？"[①]在同期其他诗人的笔下也偶或能够看到。"与实有的土地相对应的缥缈的土地"，几乎就是"大地"了，但廖亦武还是将之说成了"大陆"，是地理学意义上的概念。不太像是真正形而上学意义上的理解。这首诗总体上可以理解为是对个体觉醒与传统之间痛苦的纠缠关系的思考，"牙齿嵌进对方的颈子⋯⋯/我们是情人还是母子？"廖亦武和第三代诗人所感兴趣的，主要是关于文化的思考，其兴趣和思考能力方面都还达不到海子或荷尔德林式的哲学追问的境地。

武断一点说，在海子之前，似乎只有置身于1970年代的根子，在他十九岁生日之时所写的一首《三月与末日》中，数度提到了大地，

---

① 廖亦武:《情侣》，见"1986年中国现代主义诗歌群体展览"，《诗选刊》1987年第1期。

并隐约意识到了大地作为世界核心和存在本体的隐喻意义。让我举出其中开头的一段,看是否有我所说的大地之意:

> 三月是末日。
> 这个时辰
> 世袭的大地的妖冶的嫁娘
> ——春天,裹卷着滚烫的粉色的灰沙
> 第无数次地狡黠而来,躲闪着
> 没有声响,我
> 看见过足足十九个一模一样的春天
> 一样血腥假笑,一样的
> 都在三月来临。这一次
> 是她第二十次把大地——我仅有的同胞
> 从我的脚下轻易地掳去,想要
> 让我第二十次领略失败和嫉妒
> 而且恫吓我:"原则
> 你飞吧,像云那样。"
> 我是人,没有翅膀,却
> 使春天第一次失败了。因为
> 这大地的婚宴,这一年一度的灾难

肯定地，会酷似过去的十九次
　　伴随着春天这娼妓的经期，它
　　将会在，二月以后
　　将在三月到来

　　此一段中根子三次提到了"大地"，三次提到了"春天"，三度说到了"三月"。亦像是T.S.艾略特的《荒原》的开头，"四月是残忍的月份，哺育着丁香……"，它可以说很有结构性，并且在颓败的诗意中很快将大地形而上学化了。也像19世纪晚期奥地利的诗人特拉克尔的诗句，"灵魂，大地上的异乡者……"海德格尔津津乐道于这诗句中的哲学启示录式的意义："灵魂漫游着走向傍晚的土地。这傍晚的土地贯穿着孤寂之精神，由于这种精神，灵魂才是'精灵的'"。① 确乎，根子由于这样的诗句，他得以成为1970年代这垂暮土地上的一个"他者"、一个孤魂、一个思想的精灵，精神意义上的异乡人和赤子。这是我个人非常推崇的一首诗。我曾说过，这首诗孤独地游荡在历史的黑夜里，作为奇迹照亮了这暗夜，上下二十年中无出其右者。它堪称"1970年代中国的《荒原》"，一个中国青年精神的成人礼，只是这个精神的启蒙与叛逆的成人礼不是借助他人，而是在独立思考中自我完

---

① ［德］海德格尔：《诗歌中的语言》，《在通向语言的途中》，孙周兴译，商务印书馆，1997年版，第83页。

成的，所以其意义无论怎样强调都是不为过的。只不过今天的主题不是根子，且这首诗也无法作为孤证，来说明中国诗歌在1970年代所达到的高度，以及它如何超过上下二三十年成就的重要性。我只能说，在海子以前的新诗中，在当代诗歌中，都没有成形的和稳定的关于大地的概念。

一个更早的例子是艾青。早在1930年代，青年艾青曾经成功地建立了他诗歌的两个基本母题，即太阳和土地，这是非常了不起的，足以表明艾青是大诗人。而海子是在哲学的意义上扩展了艾青的诗学理解。这其中有一个变化和升华的逻辑，即从土地到大地，从伦理学到哲学，从简单的寓意到复杂的寓意的演化、深化和升华。

让我们来看一下艾青笔下的"土地"。

假如我是一只鸟，
我也应该用嘶哑的喉咙歌唱：
这被暴风雨所打击着的土地，
这永远汹涌着我们的悲愤的河流，
这无止息地吹刮着的激怒的风，
和那来自林间的无比温柔的黎明……
——然后我死了，
连羽毛也腐烂在土地里面。

> 为什么我的眼里常含泪水？
> 因为我对这土地爱得深沉……

这首诗非常感人，在海子和根子之前，关于土地的最高理解，就是三十年前艾青所理解的土地了。许多革命时期的诗人，当然也曾歌颂土地，但他们歌颂的，主要是社会学范畴中的土地、伦理学意义上的土地，是翻身农民得到土地的那种喜悦。土地已经被社会学、政治学化了。乡土主题最早在"五四"时期是没有明显的阶级性的，但是后来就变成了阶级斗争的文学。但是在所有抗战时期的诗歌中，艾青的这首《我爱这土地》，写出了比政治学和社会学内涵更高的诗意，他是用了一种"生命伦理学"的视角，用了鸟与土地之间的生存关系、依恋关系，来比喻歌唱者（诗人）与他的土地（祖国）之间的关系。这是一种契约般生死相依的伦理，永远不会背弃和变异的关系，是一种生命的忠贞与忠诚的关系。既是这样，他便无须直露地说到战争和牺牲，真正读懂了这首诗的人，必然会成为战士，必然会拿起枪，为其脚下的这片土地去战斗，去死。

它是靠情感来支持的一首诗，战争和政治的主题一旦还原为土地的主题，便生发出政治学和社会学无法抵达的诗意。它虽然没有提到一个与"抗战"有关的字眼儿，但却是所有抗战诗歌中最好的一首，最感人和最有力量的一首，一首胜过千百首。

仍然是"还原"的问题。艾青在一个政治性的主题背后，找到了一个比之更大的土地母题，这是其成功的最大奥秘，因为语言的还原说到底是诗意的复原、深化、内化和扩展，反之亦然。

但显然，这首诗中没有哲学意义上的"大地"。土地就是土地，尚未有哲学性的设定在其中，当然首先是不需要。哲学固然高深，但不一定感人，此时中国人更需要社会学和伦理学所生发出的国恨家仇，由此激励千千万万的志士去战斗。而海子的使命就不一样了，他须建立他在1980年代诗歌的王者地位，需要建立自己的话语高度，由此，哲学处境与形而上学的境界，成为他立志要实现的高度。众所周知，1980年代的诗歌场域风云际会、波谲云诡，在经历了数年的"朦胧诗"论争之后，1985年，现代性的诗歌趣味终于占据了上风，随之便是"第三代"的崛起。第三代诗歌的群落中本应包含了海子，据说他也曾游历四川、西藏等地，与"整体主义"群落的史诗写作之间有些瓜葛①。但毕竟海子还是有卓尔不群之志，他不想混同于那些群体性的写作潮流，而是沉醉于构建他个人的史诗，探求他自己的表达方式。因此，海子没有止步于第三代年轻而富有野心的"文化写作"，而是

---

① 1985年8月，四川中国当代实验诗歌研究室诸般的铅印诗歌民刊《中国当代实验诗歌》第一期发表了海子的诗《源头与鸟》，见姜红伟编《海子年谱》微信版。此材料记载，海子在1986年到1988年曾先后两次到四川游历，与川地诗人交游。

高人一等地占据了哲学的高地。而且海子对于这批人的写作还表达了非常客观清晰的看法:"当前,有一小批年轻的诗人开始走向我们民族的心灵深处,揭开黄色的皮肤,看一看古老的积淀着流水和暗红色的心脏,看一看河流的含沙量和冲击力。他们提出了警告,也提出了希望。虽然他们的诗带有比较文化的痕迹,但我们这个民族毕竟站起来歌唱自身了。我决心用自己的诗的方式加入这支队伍。"①他首先表示了"加入"其中的态度,同时又对自己早期的史诗写作给出了反思:

> 我希望能找到对土地和河流——这些巨大物质实体的接触方式。我开始时写过神话诗,《诗经》和《楚辞》像两条大河哺育了我。但神话的把握缺乏一种强烈的穿透性。
> 诗应该是一种主体和实体面对面的解体和重新诞生。诗应该是实体强烈的呼唤和一种微微的颤抖。我写了北方,土地的冷酷和繁殖力,种子穿透一切在民族宽厚的手掌上生长。我写了河流。我想触到真正的粗糙的土地。②

他所说的"一小批年轻的诗人",无疑是指"整体主义""非非主

---

① 海子:《寻找对实体的接触(〈河流〉原序)》,见西川编《海子诗全编》,第869页。
② 海子:《寻找对实体的接触(〈河流〉原序)》,见西川编《海子诗全编》,第869页。

义""新传统主义"等群落中的史诗写作者。他所反思的是,诗人不能单靠所谓的"才能",他的"任务仅仅是用自己的敏感力和生命之光把这个黑乎乎的实体照亮,使它裸露于此。这是一个辉煌的瞬间"。因此,"诗不是诗人的陈述。更多的时候诗是实体在倾诉",它会在诗人的写作中由主体性转换为"他者的声音",从这个意义上说,诗是"生命的火舌","是在不停地走动着和歌唱着的语言,生命的火舌和舞蹈附身于每一个躯体之上,火,呼地一下烧了起来。"①

显然,海子对于这个年代"史诗热"中的"神话写作"和"文化写作"两种倾向,都有着相当清晰的认识,他们的弊病是使诗歌成为观念和概念的载体,或者让诗人成为材料的重述者。诗歌本身缺乏应有的丰富的感性媒介与本体性的诗意。而海子一方面从第三代的史诗运动和文化写作那里获得了重要启示,另一方面又比他们体现了更高的理解诉求,他将历史和文化的主题更多升华到了哲学层面,并且坚持了感性的丰富性,以及语言的独创性。

简单地说,海子在他的关于历史和文明书写的背后,与其他第三代诗人相比,最大的不同是他的诗歌中有了一个神学和哲学意义上的存在物,一个本体性的根源和背景——"大地"。大地既是存在的本源,又是存在的本体,又是存在的表象,这有点像"圣灵、圣父、

---

① 海子:《寻找对实体的接触(〈河流〉原序)》,见西川编《海子诗全编》,第870页。

圣子三位一体",大地也是"关于存在的本源、本体、表象的三位一体",大地的弥漫使他的抒情有了更广阔的和本源性的空间,以及一般诗人那里罕有的"总体性"。他的大地没有向上隆起为"奥林波斯山"或"昆仑山",但也是一个"众神聚居之地",所谓的总体性即由此而生。

这是解读海子诗歌的另一奥秘所在。

当然,基于这样一个区别,海子与文化史诗写作这一脉系之间的关系,也长期被我们忽略了。细读海子的长诗,至少早期的"《土地(1984—1985)》母题"部分,他与四川"整体主义""非非主义"甚至"新传统主义"诗派,与江河、杨炼等人的史诗写作之间的渊源与脱胎关系,还是很明显的。

二、村庄与土地:作为生存的归所与象喻

让我们沿着从内到外、从小到大的顺序,先来看一看海子诗歌中的村庄。他的村庄既是具象的又是抽象的,是土地上的生存之所,也是精神与灵魂的安栖之地。这首《村庄》写于1986年,只有四行:

村庄,在五谷丰盛的村庄,我安顿下来

我顺手摸到的东西越少越好！

本来海子是要说，村庄是丰盈的，作为远方的一个所在，他的"原乡"之所，生存的象征，她一定是无比丰盈的。但现实中的具象的村庄又是如此的简陋和贫瘠，所以他说"摸到的东西越少越好"。但这正是它的美学之所在，作为灵魂安居之所的简单属性——物质在这里的匮乏，与她作为生存的丰富含义恰好构成了诗意的对称。她所有呈现出来的事物都是原始的、根本的和本质性的。形式越简单、物态越少，就越接近于它的自在和原形，也越接近经验的本真。

这像极了海德格尔所曾描述的一番情境。他自述，自己曾选择住在德国南部靠近阿尔卑斯山的地方，在海拔一千多米的山上有一座属于他的小木屋，他经常光顾这里。每次"在那小屋里'存在'的最初几小时里，以前追问思索的整个世界，就会以我离去时的原样重新向我涌来"。"夜间工作之余，我和农民们一起烤火，或坐在'主人的角落'的桌边，通常很少说话。大家在寂静中抽着烟斗"。"我的工作就是这样扎根于黑森林，扎根于这里的人民几百年来未曾变化的生活的那种不可替代的大地的根基"。随后他说，"让我们抛开这些屈尊俯就的熟悉和假冒的对'乡人'的关心，学会严肃地对待那里的原始单纯的生存吧！惟其如此，那种原始单纯的生存才会重新向我们言说它自己"。①随后他又援引荷尔德林的例子说:"诗人的天职是还乡,还乡使故土成为亲近本源之处。"②所有这些,都像是半个世纪以后与海子的呼应。

> 珍惜黄昏的村庄,珍惜雨水的村庄
> 万里无云如同我永恒的悲伤

最后这句已经成为海子的名句了,这是典型的海子式"不讲理"的句子。但这就是他的魅力所在,他的不讲理常常成为让人回味无穷的佳句与绝句。而且这一句又回到了他的忧郁症,无论万物有怎样的温暖,都无法根治他的悲伤。这种悲伤是与生俱来的、骨子里的,即使是村庄这样的原生之地、父母之爱的血地,也无法疗救他的疾病。

再看这一首《雨》:

> 打一支火把走到船外去看
> 山头被雨淋湿的麦地

---

① [德]海德格尔:《人与思想者》,《人,诗意地安居——海德格尔语要》,郜元宝译,第84—86页。
② [德]海德格尔《人,诗意地安居——海德格尔语要》,郜元宝译,上海远东出版社,1995年版,第87页。

这意境中的人，显然是回到了家乡——或者是在梦境之中于深夜怀念家乡。海子生长于南方，安徽当然是水乡的景色，所以有船的意象，但很奇怪，他的家乡最常见的庄稼的物象却是麦子，不知道这与他热爱的画家凡·高是否有关系，因为凡·高有许多麦地主题的画作。某种意义上，海子赋予了"麦子"作为庄稼独有的美学含义，他将麦子美学化了。经由海子，麦子变成了一种神性之物，一种生存与生命的符号。

又弱又小的麦子！

显然，海子笔下的麦子成了农业的精灵与化身。难怪他总是把自己也比作麦子——"空气中的一颗麦子"，这是他在《四姐妹》中的句子。麦子是他的所爱，他童年的镜像，或是亲人的躯体的隐喻，而今又成为他自我的标签，甚至是他浮于空气中的魂魄。在海子看来，无论是亲人还是家乡的农人，都是弱小无助的，属于泥土一样的生命。理解这一点至关重要。当年就读于西南联大的郑敏，也是在她二十一岁左右，1942年，写下了她的名作《金黄的稻束》。她也是将农人比作了庄稼："金黄的稻束站在 / 割过的秋天的田里, / 我想起无数个疲倦的母亲, / 黄昏的路上我看见那皱了的美丽的脸……""没有一个雕像能比这更静默。/ 肩荷着那伟大的疲倦，你们 / 在这伸向远远的一片 / 秋天的田里低首沉思。""静默。静默。历史也不过是 / 脚下流去的一条小河 / 而你们，站在那儿 / 将成为人类的一个思想。"这首诗也同样感动了无数人，稻子的一生和麦子一样，也是历经孕育、生长、结出果实、衰败死亡的过程，这与一个农人一生所经历的，没有什么两样。不过在郑敏的诗中，我们感受到的是一种崇高的伦理情感，虽然也有那么一点生存的哲学蕴含，但总体上她所唤起的是一种伦理意义上的土地、母亲与亲缘情感。在抗战时代的艰难时世里，在贫瘠的生存之中，映现出了一种伟大的情感，那就是对于土地、劳动、人民以及创造的敬重和爱。这首诗中当然也有哲学，有着类似基督教式的仁爱与悲悯，但是和海子的诗歌相比，这首诗与艾青的《我爱这土地》一样，并没有"大地"的概念。

  这里我想举出海德格尔在"艺术作品的本源和物性"这个著名章节中所举的例子：凡·高的《农民鞋》。他用了很大的篇幅，花费了很多笔墨，来讨论凡·高的这幅画，一双破旧的农民鞋——请注意，海德格尔也许是刻意地将这个器物阴性化了，他认为这是一双农妇的鞋子。他先说这双鞋子作为纯粹的器物，它的"四周和它的所属只是一个无"，"我们真的无法说清那双鞋置于何处……"然而，他确信：

  从农鞋磨损的内部那黑洞洞的敞口中，劳动者艰辛的步履显现出来。这硬棒棒、沉甸甸的破旧农鞋里，凝聚着她在寒风料峭中迈动在一望无际永远单调的田垄上的步履的坚韧和滞缓。鞋皮上粘着湿润而肥沃的泥土。夜幕降临，这双鞋底在田野小径上踽踽而行。在这农鞋里，回响着大地无声的召唤，成熟谷物宁静的馈赠，及其在冬眠的休闲荒漠中的无法阐释的冬冥。这器具凝聚着对面包稳固性的无怨无艾的焦虑，以及那再次战胜了贫困的无言的喜悦，隐含着分娩时阵痛的哆嗦和死亡逼近的战栗。这器具归属大地，并在农妇的世界里得到保存……①

我必须说，这段话非常有助于我们理解郑敏的这首诗，同时也更有助于理解海子。对他的那些关于土地、村庄、农人、农业和生存主题的诗歌而言，这些话是一把钥匙。老海德格尔在这里仿佛也变成了诗人，他难以自抑地脱出了逻辑思维，变成了一个悉心感知着诗意与悲伤的诗人。从凡·高的画作里诠释出了一个关于农业生存的哲学画卷。我确信海子生前并未读到过这篇迟至1991年才出版的翻译文字，因为这应该是关于该书的最早译本，但在海子的头脑里，分明与海德格尔的理解已十分接近。

---

① [德]海德格尔：《诗·语言·思》，彭富春译，文化艺术出版社，1991年版，第34页。

海德格尔并未善罢甘休，他关于这双农妇之鞋的发挥好像还远未结束，在一段类似的诗意阐释之后，他接着说：

> 此处发生了什么？在作品中什么在发生作用？凡·高的绘画揭示了器具，一双农鞋真正是什么。这一存在者从它无蔽的存在中凸显出来。古希腊人称存在者的显露（亦可译为涌现）为aletheia。我们称为"真理"。但在使用这一字眼时几乎不假思索。如果在作品中发生了一特别存在者的显露，它的为何和如何的显露，那么艺术中的真理便产生和发生了。
>
> 在艺术品中，存在者的真理将自身置入作品……一双农鞋进入作品，处于其存在的光亮之中，存在者的存在的显现恒定下来。①

这些话是如此之绕，但归根结底可以概括为一句话，"作品使大地成为大地"。让我引用另一个更为"无蔽"和简洁一点的译文，郜元宝的译文中是这样说的："作品把自己置回（set back）之所，以及在作品的这一自行置回的过程中涌现出来的东西，我们称之为大地。

---

① [德]海德格尔：《诗·语言·思》，彭富春译，文化艺术出版社，1991年版，第37页。

大地是涌现者和守护者。大地独立而不待，自然而不刻意，健行而不知疲惫。在大地之上和大地之中，历史的人把他安居的根基奠定在世界中。作品对大地的展示（set forth）必须在这个词严格的意义上来思考。"

作品把大地本身移入世界的敞开并把大地保持在那里。作品让大地成为大地。①

我确信海子也没有读过这个译文，因为该译文发表时，海子早已作古六年了。但海子在其最重要且最完整的长诗《太阳·土地篇》中所表现出的题旨与诗意，同老海德格尔的话之间是如此接近。他在其第十二章"众神的黄昏"中反复歌咏道，他"从原始的存在中涌起，涌现"——

> 一盏真理的灯
> 我从原始存在中涌起，涌现
> 我感到我自己又在收缩，广阔的土地收缩为火
> 给众神奠定了聚居地

---

① [德]海德格尔:《人，诗意地安居——海德格尔语要》，郜元宝译，上海远东出版社，1995年版，第101页。

> 我从原始的王中涌起，涌现
>
> 在幻象和流放中创造了伟大的诗歌……

真理与它的主体同时得以涌现，便是作品的诞生之时；或者反之亦然，作品的诞生，也便是真理的涌现。而主体高居于语言的核心，手握真理，成为先知或王者。这就是海子诗歌想象的内在逻辑，以及意义与形象的互为循环。这段诗中，他最核心的关键词以很高密度同时呈现，显示了他对于土地母题的深邃理解，以及丰富的展开。

让我们再回到前文的这首未完的《雨》中的句子：

> 然后在神像前把火把熄灭
>
> 我们沉默地靠在一起
>
> 你是一个仙女 住在庄园的深处

这就是他幻想与幻象中最原始的生存，也像是史前的景象——没有身体力行过农事的人是无法理解的，只有置身于土地与耕作中的人才会懂得那样的境遇，所有生命都心怀着对于生存和土地的敬畏，对于丰收的企望。弱小的他们彼此依偎，找到安宁与幸福。这就好比一位农人在雨中打上伞，在黑夜里举着火把，去查看麦地里的情况。看到他的庄稼一切都好，田地中丰收在望，他熄灭火把，在黑暗中坐下来，背靠一棵树，或一捆稻束、秸秆——庄稼的残骸，心里的沉静与甜美如同背靠着一位仙女。

  月亮 你寒冷的火焰穿戴的像一朵鲜花
  在南方的天空上游泳
  在夜里游泳 越过我的头顶

  这是梦境中的家乡——或者说已不是家乡，而是形而上学了的"原乡"。雨停了，月亮出来，举目望去，天空一碧如洗，月亮凉凉的——"寒冷的火焰"，在刚刚洗过的带着水汽的天空中游泳，在静谧的田间洒下银白的月光，一派安详和宁静的景象。

  高地的小村庄又小又贫穷
  像一颗麦子
  像一把伞
  伞中裸体少女沉默不语

  很像是那首《四姐妹》的诗意的前身，或者说《四姐妹》与这首诗之间有一种"互文"的回应关系。他把农业生存诗意化了，将之幻化为一个少女的形象——我将之称为由海子创造的"农业之神"。她手持麦穗（这是她的标签，犹如智慧女神密涅瓦手持猫头鹰，胜利女神维克托利亚手中的橄榄枝一样），带着一丝悲情和柔弱，带着阴性的美，与天然的性感和娇媚。这是1980年代人们所能够理解的农业生存，一种典型的"总体性想象"所支配下的诗意。但请注意：这种诗意和历代的田园诗当中的诗意是不一样的，它是独属于海子的，无比传统，却又受到现代哲学意识的投射，特别是受到存在主义哲学和人类学观念的浸淫。换言之，在这个土地和村庄的表象下，已经有了一个荷尔德林式的原始的存在，一个混沌中的古老母体，充满忧伤，又散发着巨大的诗意。

> 贫穷孤独的少女 像女王一样 住在一把伞中
> 阳光和雨水只能给你尘土和泥泞
> 你在伞中 躲开一切
> 拒绝泪水和回忆

为什么海子喜欢将"农业女神"幻化为"光芒四射"又"贫穷孤独"的多种形象，且又常常将"少女"和"女王"混于一起？这显然是复合式的想象，一方面她是弱小的、贫穷孤独的，另一方面她又是强大的，是至高无上的统治者。这个少女的幻象实际表达的是海子对于乡村世界的二元理解：她是苦难之地，也是世外的伊甸园；是废墟，也是圣地；是人子的背弃之乡，也是最终的归来之所；是现世的苦熬之地，也是永恒的存在之家；是土地的表象，脆弱的万物，也是大地的本体和本源，壮阔的存在之本、生存之根。总之，乡村的单纯、孤独、贫瘠和美丽，都可以化身或幻形为这个美丽少女的形象。此刻他自己肯定也是沉浸在充满泪水的回忆中，却偏要说"拒绝泪水和回忆"，显然是反衬的笔法。

至此，土地背后的大地，村庄下面的根基，麦子和庄稼内部的生命法则，都开始越过伦理学意义上的美善，甚至超越了作为历史和文明的价值，而抵达生命与存在本身。所以在海子的诗歌中，简单的关于美的看法和经验体系已经失灵了，仅仅依靠伦理性或经验性的一套美学体系是无法解读海子的。"存在"即"道"，"道可道，非常道"，按照老庄哲学的说法，"道之为物，恍兮惚兮"，它可以说，但又很难真正说得清楚，只能靠我们用心来体味。

三、作为本源之物：大地归所召唤生命"还乡"

我一直困惑，海子关于大地的观念和思维方式是从何而来的。固然我读到了他对于荷尔德林的赞美的文章，但在他成长和写作的年代里，关于海德格尔的哲学，关于荷尔德林的翻译还非常之少，找不到一个完整的译本，所见不过只言片语。但海子仅凭着这些零星的材料就先行与他们走到了一起，不能不说是一个精神的奇迹①。

海子的世界呈现了分裂又融合的两面性：首先是作为"大地"之本体、本身和本源的隐形之物，它的玄学的、形而上的、抽象的、哲学的、总体性的属性；其次是作为表象的，其无处不在的、变幻无穷的、感性和随机的、投射到各种事物之上的形象。犹如老子所说的"常有"与"常无"、佛家所说的"万象"与"空寂"是同在的一样，他的表象世界随时都可以汇入他的本源世界之中，成为哲学抽象之物；也可以随时返回繁富的表象自身。

有了这一逻辑，我们就不难理解他的《黑夜的献诗——献给黑夜的女儿》这类诗篇。从具体的背景上看，它可以理解为是"迫近死亡"之诗。该诗末尾标记的时间是1989年2月2日，是《海子诗全编》中抒情诗部分的最后一首，离他自杀只有五十二天。它明显地透示着作者的死亡冲动，并和他既往的许多作品一样，充满着"死后情景的想象"。所谓"黑夜的女儿"，在我看来其实是手持骷髅的死亡之神，

---

① 写于1988年11月的《我热爱的诗人——荷尔德林》一文中，海子提到了《黑格尔通信百封》，该书由苗力田译，上海人民出版社1985年出版，其中有黑格尔与荷尔德林的多封书信。海子关于荷尔德林的许多信息由此获得。见西川编《海子诗全编》，第914页。

在海子这里，死神是阴性的。当然，与其他作品相比，这首诗也可以刨去具体的含义，可以看成是海子"关于存在的哲学思辨"的一首诗，只不过他是用形象来思辨的：

> 黑夜从大地上升起
> 遮住了光明的天空
> 丰收后荒凉的大地
> 黑夜从你内部升起

时间的交替与存在的循环，在这里出现了一种共生的互换关系。"黑夜——光明"与"丰收——荒凉"的交替，从时间与过程的逻辑，转换成为空间景致的循环与对峙。换言之，时间在这里实际上是被悬置或抽掉了。他将村庄与土地上的生存表象浓缩还原为"生命——死亡"的交替，犹如万物凋零所彰显出的本相；或是《红楼梦》中所说的"大荒"，作为起始和终点同时显形的"一片白茫茫大地真干净"；也有似英国人类学家弗雷泽所说的"大地上一年一度的死亡与复生"所唤起的阿多尼斯崇拜；等等。死亡与复生，就是"丰收"与"荒凉"的循环，就是"有"与"无"、"色"与"空"、"黑夜"与"光明"的循环。

> 你从远方来

我到远方去

遥远的路程经过这里

天空一无所有

为何给我安慰

  我相信佛家的思想给了海子很深的影响。"我"与"你"的擦肩而过,是两个孤独的生存者,两个时间河流中的孤独个体的擦身而过,或者也是与死神之间的迎面相遇。这是张若虚《春江花月夜》里的那种相遇,也是海德格尔所说的"此在"与"存在"的相遇,是《红楼梦》里大荒山无稽崖青埂峰下的那块石头与茫茫大士渺渺真人的相遇。当然,你也可以理解为是游子与故乡在梦中的相遇,因为他热爱着乡村,但已经再也回不去了。这"一无所有"的天空,便是大荒和虚无的显形,某种意义上也可以说,海子在这里已然想清楚了最根本的问题。

  所以这是现代以来一个非常强烈的文化矛盾。这也成了他的名句。

丰收之后荒凉的大地

人们取走了一年的收成

取走了粮食骑走了马

留在地里的人

埋得很深

　　立刻把尺度拉得很长，丰收之后复归荒凉的大地就是这样。英国著名的人类学家弗雷泽在他的名著《金枝》中讲到地中海沿岸的一个传说，即阿多尼斯死而复生的神话。阿多尼斯是受到爱神阿芙洛狄特诅咒的塞浦路斯公主密拉与其父亲乱伦所生的王子，他因为极其英俊而被众多女神爱慕，后被狩猎女神派出的一头野猪撞死。爱神因之痛不欲生，宙斯才特别开恩，让其每年还魂一度，与之团聚。这象征着大地上春天的往返与景色的轮回，当然也致使大地不久后重新陷于死亡的荒凉。大地上的丰收和荒芜就是这样不断地循环着。但是海子最放不下的，还是"留在地里的人埋得很深"，这死者是谁？当然既是古人、先辈，同时也是他自己——或者"即将成为他自己"。他的诗中有太多的地方都是写他"死后的情景"，类似"我身在这荒芜的山冈／怀念我空空的房间，落满灰尘"（《四姐妹》），"当她们像大雪飞过墓地／大雪中却没有路通向我的房门／——身体没有门——只有手指／竖在墓地，如同十根冻伤的蜡烛"（《天鹅》）等句子都是。

　　这是永恒往复的循环，土地上景色的变化和生命的湮灭，会让人百感交集，曾经在土地上劳作和行走的那些生存者，那些活生生的人都到哪里去了？

草叉闪闪发亮

稻草堆在火上

稻谷堆在黑暗的谷仓

谷仓中太黑暗

太寂静

太丰收

也太荒凉

我在丰收中看到了阎王的眼睛

  唯有衰败，唯有谷仓之中的黑暗和丰收背后的荒凉。所谓"阎王的眼睛"其实也是死神的眼睛。这就像葬花的黛玉一样，盛开的鲜花带给她的不是欢欣，而是死亡的悲伤。因此当别人去赏花，她却偏要去葬花；别人在欢笑嬉戏，她却要暗自伤心落泪。所以林黛玉也是一位存在主义者，如果说贾宝玉是一个"欢乐男神"，那么林黛玉无疑是一个"死亡女神"，他们一个沉湎世俗与生的欢乐——犹如英俊和讨喜的阿多尼斯；一个则迷恋着死亡与存在的神性，犹如……这是两个人的区别。但海子在这首诗中，无疑已将两者合并压扁于一体了。"谷仓中太黑暗"，"太丰收也太荒凉"，意味着两者的循环与分离因为死亡而最终合并到一起。

显然，作为死亡之诗，这首诗的含义在于：本源即超历史，也即开始与终点的重叠。《红楼梦》中所说的"大荒"，在海子诗歌中化为了"黑夜""土地""谷仓"一类意象。他成功地在哲学上还原了这些词语，如同他将"敦煌、梁山城寨、母语"这三个词作为囚禁他的三盏灯，还有"千年后……中国的稻田"，"周天子的雪山"之类，都是海子式的创造。他将这些具有原生意味的词语，统合于大地的召唤、归拢、融合与吞噬之中，将之变成了大地的化身或一部分。生命的过程性和世俗性，"此在""此岸""物质"，在大地巨大的吞噬力面前，瞬间都被压扁了。时间在这里失去了意义，大地作为原乡和死亡的归所，召唤着人子的归来。在此吸力之下，他带着彗星般的速度"冲向了自己的雕像"，冲向了石头、大荒和永恒。

简言之，海子诗歌中世界的基本逻辑，可以做如下的归纳：

世界：原初——过程——终结

存在：本源——表象——返回

神祇：圣父——圣子——圣灵

人生：出世——远行——还乡

生命：出生——成长——衰老（死亡）

这一切犹似《红楼梦》中"大荒——繁华——复归大荒"的逻辑，

作者将之解释为"一世一劫"或者"几世几劫"的永恒轮回，但在海子这里，他则预言和展示了时间与空间的同时湮灭。一方面，他通过死亡想象来返回故乡与土地，或者通过返乡来想象死亡，获得痛苦之后的宁静与斗争之后的和解。这很像是屈原与陶渊明的结合，将以身殉国（诗）与归园田居混于一起，也有些像荷尔德林诗歌中的那种返乡情绪。但海子的思想是更为复杂和现代的，我们知道，中国传统哲学是通过轮回和循环，来解决上述悲剧性关系的，道家将之解释为"有"与"无"的循环，佛家则将之理解为"色"与"空"的交替，《红楼梦》中则将之总结为"几世几劫"的往复。而作为现代性与西方哲学之子的海子，则不愿意接受这种中和式的理解，尽管他的诗中也有"风的前面是风，天空上面是天空，道路的前面还是道路"的诗句，有"千年后我若再生于中国的稻田，和周天子的雪山"的预言，有着类似循环论的世界观，但决定一死来终结这苦难，则表明他是采用了尼采或凡·高式的自决之计，而非是贾宝玉式的"出家"。这是我对于这首《黑夜的献诗》的解读，它何以作为死亡之诗与绝命之诗的理解。

某种意义上，这也可以帮助我们理解，为什么海子最后选择的不是朝向家乡的返回，而是向着相反方向的离去，虽然他在诗歌中表示了"天才和语言背着血红的落日，走向家乡的墓地"，但是他却成了"远方的忠诚儿子"。

还有一点，在我看来，诗中海子所昭示的并非是一个过程，它同时也是整个海子诗歌思想的结构。换句话说，死亡主题在海子诗歌中并不是最后的终成正果或图穷匕见，而是一直在实践着的基本理念。虽然有从模糊到清晰，由犹疑到坚定的一个逻辑，但我们本质论地去理解，是一直存在的。他在《太阳·断头篇》的代后记"动作"（约于1986年）一文中有一个清晰的自我解释："这首诗……是黑暗无边的，但同样是光芒四射的……是夜晚的和地狱的，是破碎天空也血腥大地的，但归根结底是太阳的。""这一次，我的诗。出自死亡的本源，和死里求生的本能"，"这是唯一的一次轰轰烈烈的死亡"。[1]死亡在海子的诗中之所以如此本质化和频繁地出现，与前述的大地意象中所负载的时间压缩与空间湮灭的信息密切相关。也可以说，大地的召唤和主人公死亡的冲动是一种内在的呼应与暗示关系，它们共同来源于大地母题的哲学笼罩与逻辑命定。

当然，我相信在这一点上，海子也不完全相同于尼采和凡·高，他脑子里也确有一个根深蒂固的东西，便是东方的轮回观，"千年后我若再生于中国的稻田……"他脑海里最后的印象，一定有类似的想象。

---

[1] 海子：《动作〈太阳·断头篇·代后记〉》，见西川编《海子诗全编》，上海三联书店，1997年版，第886—887页。

四、作为美学根基的大地或者原型

> 全世界的兄弟们
> 要在麦地里拥抱
> 东方 南方 北方和西方
> 麦地里的四兄弟 好兄弟
> 回顾往昔
> 背诵各自的诗歌
> 要在麦地里拥抱

这是海子的《五月的麦地》中的句子。我相信这也是凡·高的主题,这来自荷兰低地的农人之子,曾用生命画出了麦地的热烈与悲情,疯狂与忧郁,让燃烧的麦芒放射出了大地上收获、生存、孕育与死亡的壮美诗意。海子一览无余地重现了这诗意,亦仿佛是为海德格尔反复引用和吟咏的,那荷尔德林的"人充满劳绩,但还诗意地安居于大地之上"的诗句的展开与变奏。

显然,海子、凡·高、荷尔德林,他们共同抵达或者彰显出了一个诗意的家园,也是他们不同于前人的美学根基——我将之称为"大地共同体",他们是这大地上趣味相近和观念一致的存在主义者。有人会把它看作是一个"乌托邦"的去处,但我想这样的理解可能过于理想化了。因为大地并不意味着单向度的安宁或皈依,还有着苦难的承受与羁绊,有安身立命所必须付出的辛劳。所以在海德格尔看来,"诗意"极有可能会遭到误解,他的解释是,"诗并不飞翔凌越于大地之上以逃避大地的羁绊,盘旋其上。正是诗,首次将人带回大地,并因此使他安居"①。海子正是如此,他将大地本身的悲剧本质,劳动与生存的苦难与意义,还有作为生命诞生与死亡归所之母体的属性,同时置入他的诗歌形象之中,成为他抒情的对象、内容与根基,并以此区别于他之前的汉语诗歌的所有话语。

这带来了一个具有巨大时长的话题:关于农业经验的写作的可能性问题。事实上这种可能性在海子之前差不多已耗尽了。古典时期的田园诗,所表现的是世俗经验。为了使这种经验表达不陷于浅薄,古人设定了另一个对峙的事物——那就是庙堂。陶渊明的《归园田居》中所说的"少无适俗韵,性本爱丘山,误落尘网中,一去三十年"的误会,最后的"复得返自然",是与庙堂政治相对的自然。陶渊明找到了一个解决办法,他在诗歌与生存之间找到了一个统一,将"归隐"人格化为一种生存的范型。然而从美学上说,田园仍然显得有些贫乏和易于重复。所谓"方宅十余亩,草屋八九间","故人具鸡

---

① [德]海德格尔:《诗·言·思》,《人,诗意地安居——海德格尔语要》,郜元宝译,第93页。

黍，邀我至田家"之类，都不过是世俗情趣或人间烟火的直接陈述，其"美学上的自足性"明显不足。除非是在与朝堂之恶的对立之中，这种世俗性才有了别样的道德感，有了人格或文化上的优越性，否则田园美学很难有真正的文化禀赋与立足之地。所以后世的写作者希望能够找到更为复杂的阐释方式，王维正是成功地找到了"禅宗"这一维度，使他的田园景物具有了准宗教的性质。但是"谈禅"本身的虚无倾向与玄学意味，仍不免会使乡村与田园经验的书写渐渐空心化。

还有一个与"田园"并置的空间，便是"江湖"了，它也是与庙堂朝廷相对的，但与田园却不一样，它因为具有了某种动荡与迁徙的性质，有了不稳定感和边缘性，甚至有了某种"隐逸"或者"隐匿"性，而获得了比田园更为丰富的诗意。这是中国文化于集权社会中滋生出来的一个弹性空间，其与道家、墨家思想都有千丝万缕的联系，所以在文化上便更为复杂丰富，中国传统的诗歌与小说的文化精神中，有很大一部分都是基于"江湖"所给定的文化空间而建立的。李白的"仰天大笑出门去""且放白鹿青崖间"的寄情山水是基于江湖世界，《水浒传》中行走绿林民间行侠仗义的英雄所栖身的是江湖世界，苏东坡在一路遭贬走到天涯海角时所想象的归栖之所，"芒鞋不踏名利场，轻舟一夜寄渺茫"同样是江湖世界，甚至作为抗金英雄的文天祥所依仗藏身的"山河破碎风飘絮，身世浮沉雨打萍"，也依然是江湖世界。

这个江湖天然地具有了边缘性和在野性，具有消解性和对峙性，具有独立性与逍遥性的文化属性，所以成为这个传统社会中一个重要的生存与文化空间，成为士人和知识分子阶层的一个人格标签，诗歌美学的寄生之地。

但随着新文化取代旧文化，现代社会蚕食传统社会，现代工业与都市文明挤占农业社会的一切成规，上述空间都逐渐被销蚀净尽了。农业经验本身变成了政治与意识形态的附庸，变成了阶级斗争或改天换地的工具，甚至一套古老的话语也死去了，"五四"时期新文学主将们所反对的"贵族文学"与"山林文学"，其实说到底，便是操持农业经验及其语言系统的文学。而在此之后，如何重新唤起诗歌中的农业经验，并且摆脱社会政治学的笼罩，抵达文化与哲学之境，差不多是一个近乎不可能的命题。海子之所以能够在这一切行将消失之际，从词语的沉沦中将之捞起，并使之粉墨登场，且具有了极强的表现力，根源尽在乎一点，即在他笔下大地意象及其语境的重现。"大地魔法的阴影深入我疯狂的内心"，他塑造和创建了一个大地上的歌吟者，半神、赤子和献祭者的形象，并且身体力行知行合一地、"一次性"地践行了这一角色，并以此为"作品"，"使大地成为大地"，使一整套农业经验背景上产生的话语体系，那些几乎业已死去的词语重新复魅，生发出了前所未有的形而上学的诗意。

简言之，大地成为海子诗歌形象的原始产床，成为其诗歌美学得以建立的根基,也成为农业经验及其话语再度焕发巨大生命力的试验场。

> 有时我孤独一人坐下
> 在五月的麦地　梦想众兄弟
> 看到家乡的卵石滚满了河滩
> 黄昏常存弧形的天空
> 让大地上布满哀伤的村庄
> 有时我孤独一人坐在麦地为众兄弟背诵中国诗歌
> 没有了眼睛也没有了嘴唇

　　还是开始的那首《五月的麦地》。这是大地魔法的显形之日,也是赤子和先知的沉浸之时。一如海德格尔所说,"只有当诗发生和到场,安居才发生"①。这也是凡·高笔下不断出现的收获日的麦地。对照一下,你有没有一种被灼伤、被震撼的、因伤心而想哭泣的感觉?这是丰收的时刻也是死亡的时刻。除非是诗歌,或是凡·高式的燃烧,无以表达那种欢乐和悲伤、崇敬和悲悯。为什么会有如此神奇的感受?那是因为"麦地"在这里成了"大地"的替身和显形,成了她

---

① [德]海德格尔:《诗·言·思》,《人,诗意地安居——海德格尔语要》,郜元宝译,第95页。

作为造物与收容之所在这一刻的投影。歌者与麦地的关系，便是"栖居者"与"大地"的关系，劳作、生存、歌唱和死亡，则构成了他们之间丰富的对立统一。

这是难以用言语传达的一种情境，可以说是百感交集的一首诗，充满形而上学意味的一首诗。

在海子其他的篇章中，还有大量的"返乡主题"，像《两个村庄》《月光》《七月的大海》等，都可以看作是这类诗篇，他的长诗中也有集中呈现这一主题的部分，都是值得我们细读的。需要指出的一点是，在这些诗中他展现了自己一贯的"互文趣味"，与普希金、肖邦、张若虚等都有或明或暗的对话与并置。但奇怪的是，他的语言并未因为他们巨大的吸力而被扭曲，相反，他的话语反而吸入且同化了他们，这是颇为令人惊异的。海子藉什么获得了这样强大的力量？当然唯一的解释就是"大地"本身魔法的巧力。是大地通过他的话语释放了吞噬一切的力量，或者相反，是海子凭借大地向一切诗歌之"王"和"王子"们发出了最靠近原始之力的邀约与信息，并和他们同样成为大地之子和众神之子。

很显然，"大地"的显形表明了原始总体性的显形，它与半神和先知式歌者的诞生是互为因果、互相投射和互相印证的关系。这种总体性因"现代"的到来而消失，"世界之夜"亦由此降临，而主体人格的半神或先知、王子或祭司的身份，也终将随着原始总体性的消失而湮灭。如此,"农业时代的最后一位抒情诗人"在宣告诞生之时,也宣告离去。他在使农业经验和话语历经了彗星般耀眼的复魅之后,也如白矮星般迅速消退。

第 五 讲

"在燃烧的太阳和酒精中心"：
海子诗歌中的感性、身体与情欲

> 绿色的妇女，阴郁的妇女
> 在瓦解中搂住我一同坐在燃烧的太阳和酒精中心
> ——海子：《太阳·土地篇·迷途不返的人……酒》

> 诗是情感的，不是智力的。
> ——海子：《寂静（〈但是水、水〉原代后记）》[1]

如果人们以为海子只是一个有诗歌理念的、概念化的诗人，那可就错了。他是有足够的感性能力的诗人，这其实是支持他走得更远的

---

[1] 西川编：《海子诗全编》，上海三联书店，1997年版，第878页。

一个重要因素，也是他与大多数"第三代诗人"同处一个时代，却可以成为翘楚、可以最终脱颖而出的一个重要的理由。

历史上的大诗人中固然有靠思想和修为立名的，但更多的却是靠了感性和超验的东西，靠了观念之外，甚至与观念毫不相干的因素成立的。用严羽的话说，叫作"诗有别才，非关理也"，李白就是这样的诗人，他是如此自然和放纵，泛滥而无节制，但他的感性世界里所蕴含的，是比之观念更为丰富和更为广阔的内容。这也接近于《浮士德》中"生活之树常青，理论却往往是灰色的"一类说法；苏东坡是观念非常突出的诗人，但是他充满感性的表达，比其儒释道兼而有之的观念人格，来得更为有效。

所以，海子巨大的体积，一方面是来自他"伟大诗歌"的观念构想，来自他对于古往今来人类诗歌理念的总体性和综合性的理解与扩展；同时也来自他卓越的感性想象，他亲和于原始思维与原型意象的类似"先知""半神"与"巫"的直觉想象力。这些元素在他的诗歌中起着承载与整合、生成与返回的综合效用，也在一定程度上中和了其"现代性"的困境，即为海德格尔所说的，在诸神消退之后的那种"贫乏"，或是本雅明所说的"机械复制时代"的简单化，以赝品替代"原真性"的局限。简言之，以"生命的缺席"和"历史的不在场"所支持的艺术生产。海子的诗歌是对这种现代性困境的矫正和弥补，他是用了生命的在场和感性的活跃，来弥补神性的空缺以及诗意的僵滞与匮乏的。

还有"身体性"——我不得不说，海子是当代诗歌中最早的"身体写作"的范本，是诗歌中肉身解放的先驱。这是以往人们都没有充分意识到的，或者意识到了也无人敢于说出。实际上，身体解放是当代文学至为核心的观念解放，没有感官因素的参与，观念和文体的解放在某些情况下都属于空谈。当年莫言在《红高粱家族》中所宣扬的身体、欲望、非理性与无意识至今也还遭到许多人的误读和批评，但回想一下，如果没有1980年代中期以莫言为代表的身体与感官解放的书写，当代文学的变革和世界性接轨，还要延迟很多年。迟至十几年后的世纪之交，有年青一代才因为网络新媒体的参与，并借助新千年的狂欢氛围，提出了"身体写作"的口号。但实际上海子早在1985年到1986年，就写出了大量"身体本位"的诗篇。当然，他是以隐喻和转喻的形式来处理的，是用了一套"隐语"系统来暗示的。用弗洛伊德的话说，"力比多"并未直接呈现，而是经过了适度而巧妙的"升华"来呈现的。这就使他的身体性呈现了"既真且美"的性质，达到了那个时代的人们轻易难以破解，也不曾敏感的隐秘程度。

上述因素假如整合起来，在哲学的意义上，我以为便可以用这个词——"酒神精神"来予以涵纳。因为唯有酒神精神才能够将这样感性而迷狂的、原始而充满身体意味的生命激情混合和整合在一起，派生出如此生气勃勃、气象万千的一个象征世界。正如尼采在《悲剧的诞生》中所说：

> 在酒神颂歌里，人受到鼓舞，最高度地调动着自己的一切象征能力；某些前所未有的感受，如摩耶面纱的揭除，族类创造力乃至大自然创造力的合为一体，急于得到表达。这时，自然的本质要象征地表现自己；必须有一个新的象征世界，整个躯体都获得了象征意义……①

如果我们把海子的诗论与尼采的文字做一个对照，会有一个惊人的发现：1986年之后的海子受尼采影响是如此之深，他们之间连语体都是如此的接近。将尼采的章句和海子的诗论彼此嵌入对方的行文中，也几乎难以分辨。所以我有这样一个判断：海子的诗论背后也有着一个"酒神式"的思维，甚至相似的哲学话语的支撑，这是他能够超越同时代的其他诗人，能够从"诗之本体论"和"哲学本体论"的双重意义上谈论诗歌的一个原因。如果没有这一背景作为参照，我们也同样很难真正全面地理解海子，知晓他的意义。

---

① [德]尼采：《悲剧的诞生》，周国平译，三联书店，1986年版，第9页。

一、悲剧与酒神：海子诗歌中的感性迷狂及哲学渊源

"在酒神精神的照耀下"，当我们这样来看海子的写作，会有很多新的视角。在他最重要的长诗《太阳·土地篇》中，他反复吟咏的酒、酒馆、酒徒，以及与之紧密相连的大地、"大地魔法"，可以理解为是一些核心性的意象，它们传达了一个核心性的意图，其实就是尼采所说的"酒神颂歌"所派生出的"一个新的象征世界"。因为酒神的照耀和引领，"人的创造力和大自然的创造力合为一体"。这是具有纲领性或网结意义的篇章，"感性的迷狂"成为返回大地和原始存在的隐秘通道，也成为诗人在"现代"条件下唤起"原始力量"，并获得抒情性的唯一方式。让我们来看看尼采关于这一方式的描述：

>……现代萎靡不振的文化荒漠，一旦接触酒神的魔力，将如何突然变化！一阵狂飙席卷一切衰亡、腐朽、残破、凋零的东西，把它们卷入一股猩红的尘雾，如苍鹰一般把它们带入到云霄。我们的目光茫然寻找已经消失的东西，却看到仿佛从金光灿烂的沉没处升起了什么，这样繁茂青翠，这样生气盎然，这样含情脉脉。悲剧端坐在这洋溢的生命、痛苦和快乐之中，在庄严的欢欣之中，谛听一支遥远的忧郁的歌，

它歌唱着万有之母,她们的名字是:幻觉、意志、痛苦。——是的,我的朋友,与我一起信仰酒神生活,信仰悲剧的再生吧。苏格拉底式的时代已经过去,请你们戴上常春藤花冠,手持酒神节杖,若虎豹豺狼讨好地躺倒你们的膝下,也请你们不要惊讶。现在请大胆做悲剧式人物,因为你们必能得救。你们要伴随酒神游行行列从印度到希腊![1]

这段诗一般的文字,是尼采所描述的"悲剧的诞生"之处,主体与客体世界发生"化学反应"时的壮丽景象。在酒神精神的照耀下,在生命主体的感性激荡中,在诸神藉此被还魂复活之后,才会有诗歌的奇迹,有创造与毁灭的狂飙,有死亡和再生的幻象。当然,这里所说的"诗歌"不是指"文本"意义上的诗,而是指哲学和人类学意义上的"原诗",是海子所说的"真理诗"。关于这一点前文中已经反复说明过,此处不再展开。海子正是领悟了尼采式的理解,并沿着诸神和狄奥尼索斯所指示的方向,来寻找他诗歌灵感的泉源,以及抒情力量的凭藉的。他们几乎是"互文"的:

大地 酒馆中酒徒们捧在手心的脆弱的星辰

---

[1] [德]尼采:《悲剧的诞生》,周国平译,三联书店,1986年版,第89页。

> 漠视酒馆中打碎的其他器皿
> 明日又在大地中完整　这才是我打碎一切的真情
>
> ……祭司和王纷纷毁灭　石头核心下沉河谷　养育马匹和水
> 大地魔法的阴影深入我疯狂的内心
> 大地啊，何日方在？

这是海子在《土地篇》第十章"迷途不返的人……酒"中写下的具有"极限抒情"意味的句子。我们看到，一个酒神曲的领诵者角色出现了，他是以先知或王的扮演者、头戴假面具和身披羊尾的狄奥尼索斯化身的身份，在歌队和众人面前表演着。这显然不是"历史的场景"，甚至也不是民俗学意义上的场景，而是哲学和创世神话的场景。在我看来，这就是海子内心中最为向往的、抵达其"伟大的诗歌"的现场，作为"主体人类在某一瞬间突入自身的宏伟"、在"原始力量中的一次性诗歌行动"[①]的那种场景。也是为尼采所反复描绘的希腊艺术精神的诞生之所。请注意他与尼采唯一的不同，是用了"大地"这一总体性的意象来整合上述幻象的，他以此将这精神统领的世界更加原始化、具象化、本体化且诗意化了。

---

① 　海子：《诗学：一份提纲》，见西川编《海子诗全编》，上海三联书店，1997年版，第898页。

请注意——这里还有一个特别核心的命题,即"在现代性条件下如何抒情"的问题,这是从尼采到海德格尔、从本雅明到阿多诺共同思考的,他们要么在哲学和诗学上提出双重追问,要么是在社会学和伦理学的意义上来加以质疑。而海子也敏锐地意识到了这一重大的问题,他试图从哲学和诗学两个角度提出解决方案。这就表明,他不是一个一般的"抒情诗人",而是具有宏大思想架构和形而上学气质的"真诗"的写作者,是"哲人诗人"和"历史性的诗人"。在1980年代中后期,能够有这样高度的诗人,可以说绝无仅有。尼采为人类提出的方案是重回"酒神精神",而海子在第二个史诗创作期,也就是1986年到1988年创作的《太阳·七部书》中,也明显地认同了尼采的观点,并以"元诗歌"的方式深入讨论和实践了这些看法。这一点我们须要有充分认识。

如果要真正在哲学上理解海子,我认为《悲剧的诞生》是一把钥匙。这部书可以说是他的启蒙教科书,但我确信海子不只是一个好的学生,他更是一个天才的吞噬者,一个可以"吞吐巨大思想体系"的创造者,因为他与尼采一样,获得了"狄奥尼索斯附体"的体验与能力,"他的强大的酒神冲动""吞噬这整个现象世界"[1]。而且,在他的身体里面或背后,还有另一个来自中国传统的"李白式的"灵魂或

---

[1] [德]尼采:《悲剧的诞生》,周国平译,三联书店,1986年版,第97页。

内核的支配——这一点我还没有想得很清楚,狄奥尼索斯和李白,在他这里是怎样"合二为一"的。

但细读海子的长诗,可以看出他的写作明显地分为前后两个时期:第一个时期他和大多数"第三代"诗人的"文化写作"是一致的,写土地、自然、文化、民俗、神话、传说;但在第二个时期,也就是1986年以后(包括1986年),他突然转向了"太阳主题"的写作,且在视角上更加具有了"世界性"的宽度,不是沉湎于作为历史或地理范畴的民俗文化,而是作为本体和存在的世界,是哲学与认识论范畴的主题。这背后一个巨大的认知转换,我以为就是尼采的"日神—酒神"模式的衍生物。当然,这样说有些简单化了,这其中还有海德格尔、雅斯贝斯、荷尔德林、凡·高等很多哲人与艺术家思想的影响,但哲学基础无疑是来自尼采思想的影响。

其实,在海子这里,"太阳"就是"日神主题"的构建,是他基于认知本体的思考与赋形,其内在思想是理性与秩序;但是与尼采一样,他同时又接受了来自感性与生命世界的召唤,依据酒神的内在感召与大地(存在)本身的混沌与弥合力,构建了这个混成的"二元世界",形成了"本体—认知""大地—太阳""母体—父本""酒神—日神"等之间的对立与统一、斗争与和解的二元关系。因此必须从尼采的角度看,海子核心的诗学观点才能得到更明晰的解答。

为了强化这种对照关系,我们再列出两个人的若干文字,来看一

看他们深刻的联系乃至明显的"互文性":

> 我们在短促的瞬间真的成为原始生灵本身,感觉到它的不可遏制的生存欲望和生存快乐。现在我们觉得,既然无数竞争生存的生命形态如此过剩,世界意志如此过分多产,斗争、痛苦、现象的毁灭就是不可避免的。正当我们仿佛与原始的生存狂喜合为一体,正当我们在酒神陶醉中期待这种喜悦常驻不衰,在同一瞬间,我们会被痛苦的利刺刺中。纵使有恐惧和怜悯之情,我们仍是幸运的生者,不是作为个体,而是众生一体,我们与它的生殖欢乐紧密相连。①

这是尼采在《悲剧的诞生·前言》中,写给他早年所景仰的音乐家理查德·瓦格纳的一封长信中的一段。在这篇如诗的文字中,我们可以看出那时尼采所迷恋的,正是在德国文化精神中所延续着的、源自希腊文明中的酒神精神。它是从日神文化中分离出来的,原始之力,无意识、死亡冲动、"生殖欢乐""悲剧""醉"等概念构成了他表意的核心词语,这些词语是他的诗意情怀得以落地的扭结。

再看这一段,这是海子的话语:

---

① [德]尼采:《悲剧的诞生》,周国平译,三联书店,1986年版,第71页。

我挚烈地活着，亲吻，毁灭和重造，犹如一团大火，我就在大火中心。那只火焰的大鸟："燃烧"——这个诗歌的词，正像我的名字，正像我自己向着我自己疯狂的微笑。这生活与生活的疯狂，我应该感激吗？我的燃烧似乎是盲目的，燃烧仿佛中心青春的祭典。燃烧指向一切，拥抱一切，又放弃一切，劫夺一切。生活也越来越像劫夺和战斗，像"烈"。随着生命之火、青春之火越烧越旺，内在的生命越来越旺盛，也越来越盲目。因此燃烧也就是黑暗——甚至是黑暗的中心、地狱的中心。

　　魔——这是我的母亲、我的侍从、我的形式的生命。它以醉为马，飞翔在黑暗之中，以黑暗为粮食，也以黑暗为战场。我与欲望也互通心声，互相壮大生命的凯旋，互为节奏，为夜半的鼓声和急促的屠杀。我透过大火封闭的牢门像一个魔。对我自己困在烈焰的牢中即将被烧死——我放声大笑。我不会笑得比这个更加畅快了！我要加速生命与死亡的步伐。我挥霍生命也挥霍死亡。我同是天堂和地狱的大笑之火的主人。①

---

① 海子：《日记·1987年11月14日》，见西川编《海子诗全编》，上海三联书店，1997年版，第883页。

显然，从这些话中我们可以看出有两个海子：黑暗的和光明的，燃烧的和熄灭的，忧郁的和热烈的，理性的和迷狂的，日神的和酒神的，头脑的和心灵（身体）的，生命的和毁灭的（向死而生、自杀的），天空的和深渊的，可解的和晦暗的（不可解的），狂放的和自我囚禁的，睿智的和盲目的，诸神的和魔鬼的……在这种"日记"文字中，他只面对自己，在深夜思考和进行自我分析，展示出了他内心全部的复杂性。这个二元的人格结构，非常类似于"超我"与"本我"的斗争，其中的分析者就是他的"自我"。但这样说又有些简单化了，在海子这里，"本我"并不等于"酒神"，"超我"也不等于"日神"，它们只是交互混合与纠缠着，仿佛被压扁的"风月宝鉴"的两个面。作为对于世界的认识，这也很类似于道家的"有与无"，或佛家的"色与空"，两个巨大的哲学范畴被压缩至一个孱弱的肉身之上，爆发出并不匹配的巨大的能量。

但这正是疯狂之力、酒神之"魔"力的来源，因为这种二元属性，海子的话语场和能量场变得异常复杂和宽阔。如同尼采那"着魔"般的文字一样，他的语言具有了半神的、先知或者祭司式的力量，而这也正是尼采所信奉的"日神艺术崩溃"和"酒神精神归来"的一个历史与逻辑的双重转换。

我过去也一直惊讶，海子为什么会如此持续地处于一种准疯癫的、酒神附体般的创造力之中，他的激情和想象力何来？当我重温尼采的话语时，似乎忽然有了答案。尼采的这段话似乎就是对于"海子诗意"或者"史诗景象"的一个生动解释：

> 在酒神的魔力之下……被奴役的大自然也重新庆祝她同她的浪子人类和解的节日。大地自动奉献它的贡品，危崖荒漠中的猛兽也驯良地前来。酒神的车辇满载着百卉花环，虎豹驾驭着它驱行。一个人若把贝多芬的《欢乐颂》化作一幅图画，并且让想象力继续凝想数百万人战栗着倒在灰尘里的情景，他就差不多能够体会到酒神状态了。……此刻，贫困、专断或"无耻的时尚"在人与人之间树立的僵硬敌对的藩篱土崩瓦解了。……人轻歌曼舞，俨然是一更高共同体的成员，他陶然忘步忘言，飘飘然乘风飞飏。他的神态表明他着了魔。就像此刻野兽开口说话，大地流出牛奶和蜂蜜一样，超自然的奇迹也在人身上出现。此刻他觉得自己就是神，他如此欣喜若狂，居高临下地变幻，正如他梦见的众神的变幻一样。人不再是艺术家，而成了艺术品：整个大自然的艺术能力，以太一的极乐满足为鹄的。在这里透过醉的战栗显示出来了……①

这些话几乎可以用来完整地诠释海子的长诗创作，也从哲学和认

---

① ［德］尼采：《悲剧的诞生》，周国平译，三联书店，1986年版，第6页。

识论的意义上解开了这创造之谜。我相信海子后期的史诗创作，其哲学基础、认知激情、基本方法、想象方式都与尼采的论著有着至关重要的关系，这一点应无须赘言。他们之间的这种一致与互文性，当然不能视为是后者对前者的"抄袭"或者"借鉴"，而是一种"相遇"，是一种精神的吸引和感召，一种知音间的共鸣与互动，是"扑向真理"的那种势能，犹如两个集疯子和先知于一身的诗人的拥抱。他们的语词是这样如乌云短路所造成的闪电，晦暗中带着强光彼此照亮，他们的激情和思想是这样如雨后的云霞，云蒸霞蔚，波谲云诡，放射出耀目的光华。

好了，这个话题可以告一段落，接下来，我们须将这云雾笼罩的讨论予以"接地"，将"酒神精神"驱驾的感性迷狂落实到肉体的书写、"生殖欢乐"与无意识活动的揭秘，以及"爱与死"的共生和梦境的解码。所有这些也都可以视为是狄奥尼索斯的馈赠和酒神创造的表征。

二、身体的解放：感性、欲望及其隐喻转换

其实将近十年前，笔者即有过关于海子诗歌与肉身和欲望之间隐秘关联的讨论①。那时还担心可能的冒犯，会"亵渎"海子在某些读

---

① 笔者曾在多年前撰文专门讨论过海子诗歌中的身体写作与隐喻表达的问题。参见张清华《"雨和森林的新娘睡在河水两岸"——关于海子诗歌中肉体隐喻的阅读札记》，《上海文学》2014年第10期。

者看来的"纯洁性"。但从酒神精神和尼采的角度看,这些问题都已迎刃而解。而今如果考虑中国当代诗歌的历史,"感官的解放"和恰如其分的"隐喻性改装",正是海子对于中国当代诗歌变革的一个重要的贡献,所以无法绕开。而且从海子整个的观念世界和诗歌谱系来说,它也是一个非常有机的部分。

单从文本的角度看,这是一些带有"艳辞"意味的谣曲,爱欲或爱情的小夜曲,是一些孤立的或彼此有一定联系的篇章;但从根本上说,它们又不只是肉身经验和世俗幸福的一部分,而是海子悲剧精神与酒神哲学的感性赋形与内在支撑,是他生命意志的投射,狄奥尼索斯精神的伴生物。一句话,是其"悲剧经验的实体部分"。这个言不及义的说法,可以从前文所引的尼采的话中找到依据。因为从根本上说,爱与死、欲望与毁灭是同一经验的两个方面,"悲剧端坐在这洋溢的生命、痛苦和快乐之中",尼采说得分明,假如不从哲学上来理解他的这些体验,便是舍本求末。事实上这也可以解答一个谜底:如此美好的爱情和身体经验,为什么没有能够挽留海子年轻的生命——哪怕让他只做若干年"物质的短暂情人",让他作为与我们一样的"俗人"苟活在这个世界上,以不使他年迈的母亲在有生之年承受丧子的悲伤——为什么没有挽留住他那瘦弱的肉身?这表明,无论什么样的世俗幸福,都无法根治他那酒神附体的忧愁,那旷古的绝望和大悲痛,这一切都只是他"要加速生命与死亡的步伐"①的必经之路而已。

然而，在面对这些作品的时候，我们又必须从单个文本的角度来看待。在获得了上述前提的条件下，我们也不妨从世俗经验的角度，来进行一番细读。

美国学者阿尔伯特·莫德尔曾在他的《文学中的色情动机》一书中，说过一句武断而富有启示性的话，作为弗洛伊德的同代人和同道者，他说："严格地说来，所有的 love poetry（爱情诗）都是 erotic poetry（色情诗）；其实，文学的巨大魅力就在于它最忠实于生活，而性爱或'色情'恰恰是生活的重要组成部分。所以，说魏尔仑这样的大诗人也很'色情'是一种赞誉，而不是贬低。"②与弗洛伊德相比，莫德尔的分析似乎显得有些浅尝辄止，但这句话恰恰有他的道理。可以看作是他的"文学是力比多的升华"的说法的翻版，而且更有具体的针对性。问题就在于"升华"，和历史上那些最优秀的诗人一样，海子是有效地将力比多进行了升华处理，让欲望与色情的成分最大限度地隐藏了起来。而这是我认为他得以"将情欲书写合法化和美学化"的一个关键所在。

有了这一前提，我们就可以来讨论其诗歌中的肉体与色情隐喻的

---

① 海子：《日记·1987 年 11 月 14 日》，见西川编《海子诗全编》，上海三联书店，1997 年版，第 883 页。
② [美]阿尔伯特·莫德尔：《文学中的色情动机》，刘文荣译，文汇出版社，2006 年版，第 20 页。

成分了。首先我得说，海子这类作品非常之多，大约从1985年中期的《妻子与鱼》开始，一直到1986年的晚些时候，大约100首抒情短诗中，有超过三分之一明显是写爱情的，其中有一半左右则是明显有身体隐喻的。这么多的作品，我不可能一一细读，只能选择其中最有代表性的部分来做些讨论。

按照"编年"的方式，我发现1985对海子来说是一个特别的年份。他在这一年的诗歌中反复描写了那些有细节的、充满了甜蜜的身体性以及迷人的隐喻性的爱情场景。之后他仍然会大量地使用到身体的隐喻，但那种直接的身体性的甜蜜却消失不再。由此我断言，海子可能经历了一场他个人有史以来"真正的恋爱"①——我的意思是说，这是一场有身体经历的、并非是"柏拉图式"的恋爱。他抑制不住激动和兴奋，写下了数量不菲的爱情诗，其中有很多都涉及身体与器官的描写。而这些描写在当代诗歌中同样具有创始性的意义，因为此前没有任何人能够如此精细而大胆、直接且正面地将性

---

① 西川在《怀念》一文中说："海子一生爱过四个女孩子，但每一次的结果都是一场灾难，特别是他初恋的女孩子，更与他全部的生命有关。"在《死亡后记》中写道，他认为海子自杀的导火索，可能出于爱情生活的原因。他提到了中国政法大学的一个女孩。"这个女孩子于1987年毕业于中国政法大学，在做学生时喜欢海子的诗。在我的印象中，她是中等身材，有一张圆圆的脸庞。……她是海子一生所深爱的人，海子为她写过许多爱情诗。"分别见西川编《海子诗全编》，上海三联书店，1997年版，第10页，第927—928页。

隐喻作为写作的对象。从这个意义上，说海子是划时代的诗人同样不是虚夸。

让我先举出《妻子和鱼》一首。由于唐晓渡和王家新两位很早即将其选入了《中国当代试验诗选》①，因此这首诗传播很广。很多年中，我只是隐约意识到其中的性指涉意味，但因为某些心理的预设，总担心"以小人之心度君子之腹"，并未真正留意它在这方面的意图。但如今读来，则强烈地意识到，这确乎是一首以隐喻笔法书写恋爱的甜蜜、怅然以及隐秘体验的诗。其中"水"与"鱼"的意象明显隐含着传统文学中"鱼水之欢"的意思，具有浓厚的情色意味："我怀抱妻子/就像水儿抱鱼/我一边伸出手去/试着摸到小雨水，并且嘴唇开花……"无须讳言，这都是关于身体与器官的想象，是关于爱的细节描写。"水儿抱鱼""小雨水""嘴唇开花"等意象的含义，都是不言自明的。接下来，诗中反复描绘了肢体的亲昵游戏，以及肉体的幸福体验："我看不见的水/痛苦新鲜的水/流过手掌和鱼/流入我的嘴唇//水将合拢/爱我的妻子/小雨后失踪/水将合拢……"这应该是身体的反应，是抚摸、相爱或交欢过程中的情景，"水"的来去，参与者的狎昵，动作性很强，无须细解。接着，作者又写到了在"鱼"

---

① 唐晓渡、王家新编选：《中国当代实验诗选》，春风文艺出版社，1987年版。其中收入了《打钟》《妻子和鱼》《思念前生》《坛子》四首，非常巧合的是，这四首刚好都是具有明显的身体隐喻性质的诗作。

167

与"妻子"两个角色之间不断地发生着的疑惑和转换——他实际是要表达自身的某种幻觉体验：这个女性在"两个身份"之间不断地发生着的莫名转换，爱抚时犹如小动物般活脱的"生理"（鱼）角色，同日常间作为情感与伦理意义上的"妻子"的角色，这两个到底哪一个是真实的，哪一个真正属于我？主人公在这里是疑惑和撒娇的，并且他还延伸及作者对自我身份的疑惑——一种"身份失忆症"：

> 离开妻子我
> 自己是一只
> 装满淡水的口袋
> 在陆地上行走

只记得"水"的感觉，但又是淡而无味的"水囊"一个。这一意象非常形似地书写出了性爱过程之中和之后的心理与身体反应：在激情之后分别时的一种"被掏空"了的、失魂落魄般的感受，微妙地隐喻出过程之中的甜蜜销魂，还有之后的怅然若失。

这或许是当代诗歌中最早的全文"赤裸裸"地书写性爱的诗篇了。但请注意，海子的处理非常隐秘，完全用隐语和隐喻来呈现。"小雨水""嘴唇""鱼"等这些名词是隐喻的，但其中动词的使用则非常直接："怀抱""抱""伸出手去""开花""摸""睡""合拢"，等等，这些都非常动作化,且有实在的性指涉意义。

再看另一首《打钟》。这一首在海子的诗中也因为同样的原因传播很早。但是关于其中的含义,则少见细读性的阐释。确乎它也更加暧昧。而今假如我们直接将其定性为性隐喻的诗,其意义也许会变得更明朗和清晰。很显然,这首诗是更直接地官能化了,且受到这个年代人们的"学术趣味"的牵引,与他的许多诗篇一样,具有了"人类学的意义"。它将性爱场景与动作,经过人类学的想象与升华之后,将其"虚拟"并且"神化"为一种原始的壮美场景,犹如我们远古祖先创世时的情景:

恋爱,印满了红铜兵器的
神秘山谷
又有大鸟扑钟
三丈三尺翅膀
三丈三尺火焰

打钟的声音里皇帝在恋爱
打钟的黄脸汉子
吐了一口鲜血
打钟,打钟

一只神秘生物

　　头举黄金王冠

　　走于大野中央

　　你当然可以将这些句子看作是纯粹的"诗意想象"，但那样一来，这首诗反而显得很牵强夸张，很不靠谱。如果是将其理解为直接的性动作描写，则可以看作是原始性史，或是创世史诗场景中的一个部分。这就是海子的过人之处——可以将很现实和很直接的内容转换、幻化和提升为原始性的诗意。诗中非常明显地充满了情色意味："神秘山谷""大鸟扑钟""一只神秘生物""大野中央"，这些无疑都是器官的隐喻，而"印满了红铜兵器""火焰""头举黄金王冠""打钟，打钟"，都明显有"性信息"的提示，甚至可以将之解为器官的特征。然而它们共同隐喻的某一时刻的场景，在整体上却被"神化"和幻化了，成为一个原始的人类学景象——犹如原野上伏羲女娲的壮美交合，个体行为被赋予了创世神话的内涵。

　　这首诗符合 1980 年代人们的普遍情结：喜欢用文化的眼光看待一切，将个体的性行为演变成了一个"生殖崇拜"的仪式。类似的描写在莫言的小说《红高粱》和杨炼的《诺日朗》等诗中已有了先例，但和杨炼式的晦涩与稠密相比，海子是简练而直接、迅疾而到位的，他对于神话与神启境界的创设，的确来得更快。

接下来我们再看写于 1986 年的《肉体（之一）》《肉体（之二）》。这两首有可能写的是海子失恋之后，对于爱情的回忆与祭奠。其中第一首写得略显悲伤而虚拟，第二首更直观和沉溺。当然，最后又出现了"墓地"，这可以印证这两首诗的含义。很显然，稍早前在《九盏灯》中，海子明确书写了失恋之痛，之后，那些甜蜜的、包含了"色情甚至狎邪"意味的诗就不见了，能够读出的似乎只有充满伤感和痴迷至"若有所失"的回忆。确乎，只有在恋爱之中、在"现在进行时"中才会有情色与狎昵的心态与机会，而回忆和悲剧结局之后的回味，都很难再具有色情意义。在这两首中海子更多地写到了乡村的景象，写到故乡和母亲，这显然是一种"转移"和"疗伤"的方式。

悲伤和怅惘是两首诗的主调。第一首在我看来是表达了对于身体记忆的留恋："一枚松鼠肉体 / 般甜蜜的雨水 // 在我的肉体中停顿 / 了片刻"，可想而知，这种温馨而令人绝望的记忆是如何攫住了作者的心，犹如一场醒来时倍感幻灭的春梦，他抓不住这悲伤而美妙的记忆，只能在怅然中定神体味，叹息良久。不过，笔者以为，海子此时仍偶尔会回忆起并且沉浸于爱的经验与往事之中，他的《肉体（之二）》中直观地写道：

肉体独自站立

看见了鸟和鱼

> 肉体睡在河水两岸
>
> 雨和森林的新娘
>
> 睡在河水两岸……

这当然是器官的隐喻,是欢爱场景的局部。因此这首诗从"技术"上讲,可以看作是从第一首中摘出,专门描写春梦中的细节,以延长其性体验过程的产物。开篇即强调"肉体美丽",在展开描写了上述细节与场景之后,它又十分肯定地强化并且升华了这一意图:"垂着谷子的大地上 / 太阳和肉体 / 一升一落,照耀四方。"这仍然是欢爱场景与动作的描写,只是从诗意上他不得不将其虚化为壮丽的自然和"农业图景",但他与此同时又在这些记忆中沉浸而无法自拔。最后,海子也终于说出真相:这是一场悲喜交集的幻梦,永不再来的回忆——"感激我自己沉重的骨骼 / 也能做梦"。凄艳、美丽、感伤、叹息,这一首真可谓是一唱三叹,余音绕梁,让人悲从中来,不可断绝。

另外,典型的例子还有《写给脖子上的菩萨》《思念前生》等几首。"菩萨"一篇似比较含蓄收敛,一直把对爱人的爱与感激,转化为一种神性体验,这大约是一种对女性"再造之恩"的感激之情了。两人相拥相亲、调情狎昵、彼此近距离地感受对方呼吸的场景,让他沉湎不忘，故虚拟了"菩萨"的出现，她是大慈大悲、普度众生的菩萨，当然也是在性爱方面赐给他幸福和满足、再生与拯救的"菩萨"。最后，海子止不住甜蜜地写道："菩萨愿意 / 菩萨心里非常愿意 / 就让我出生 / 让我长成的身体上 / 挂着潮湿的你。"最后两句既可以很抽象地理解，当然也可以很具体地理解为是一个性动作的瞬间。

《思念前生》是一首特别的诗，从诗意上看，似乎有恋母的隐喻。它写了一个奇怪的梦境，梦见自己赤身裸体的成长记忆，梦想重新返回到母亲身体之中，还原为幸福的婴儿："庄子想混入 / 凝望月亮的野兽 / 骨头一寸一寸 / 在肚脐上下 / 像树枝一样长着……// 仿佛我是光着身子 / 光着身子 / 进出 // 母亲如门，对我轻轻开着。"整首诗都写得很美，很原始静谧，有一种海子诗歌中典型的单纯和天真。不过，假如我们从弗洛伊德的观点看，那解读它可就学问大了。返回母体既可以理解为是一种美丽的撒娇，当然也可以认为隐含着难以言喻的可怕念头。但这就比较犯忌讳了，让我们小心地躲开吧。

从《妻子与鱼》开始，到《肉体》之间，海子写过的与性爱隐喻有关的诗，总计大概不少于十几首，比较明显的还有《坛子》，写女性身体的，藏得较深，但很容易理解："我头一次也是最后一次进入这坛子 / 因为我知道只有一次 / 脖颈围着野兽的线条 / 水流拥抱的 / 坛子 / 长出朴实的肉体"，这明显是女性身体的隐喻，只是海子同样将它"物化"为一只具有人类学意义的"坛子",如同这个年代许多诗人都写过的一样。除此之外,还有《浑曲》《得不到你》《中午》《我请求:雨》《为了美丽》等,大约都有明显的器官隐喻与性爱指涉的意味。

我之所以冒了道德的风险,来讨论海子诗歌中的性描写或者色情隐喻,首要的意图是要证明感性、感官、欲望、创造、梦境、非理性……这些"酒神迷狂"的元素在海子诗歌中的丰富含量与重要作用,并且与"生殖欢乐"之间的"紧密相连"的性质。"一条忘川隔开了日常的现实和酒神的现实"①。用尼采的话来解释,是这样准确和到位。

一旦涉及身体书写的命题,我们还不得不将其"历史化"。让我们稍稍回忆一下这个过程。

有人认为,当代诗歌中的"身体解放"是肇始于最近的十年,是始于世纪之交的"下半身"运动②,从破坏性和颠覆性写作的角度,这不无道理。但如果历史地看,这一写作的谱系则实际可以上溯至1985年以前。1985年,堪称"中国式自白派"的几位女性诗人,都已经写出了具有显著身体解放意味的诗歌:唐亚平的《黑色沙漠》组诗中,《黑色洞穴》一首即涉及器官的隐喻;翟永明的《女人》组诗、伊蕾的《独身女人的卧室》组诗中也有大量的性信息,但这些基本上

---

① [德]尼采:《悲剧的诞生》,周国平译,三联书店,1986年版,第28页。
② 2001年,沈浩波等人在北京印行了《下半身》杂志,以"民刊"的形式传播其"以下半身反对上半身"的诗歌理念。

都是作为"文化立场"来进行书写的,并不具有真实的"肉体意义"。所以某种程度上,1986年的海子,称得上是第一个将身体与性直接和直观地"嵌入"当代诗歌写作之中的人。这足以证明他的多面性与前卫性。

其次,在使用隐喻与隐语的情况下,身体完全可以催生出优美的诗篇。海子的写作表明,身体和器官不但可以嵌入诗歌,而且很有必要,当它们进入诗歌之中时,诗歌的语言顿时出现了在无意识中"迅猛成长"的状况,这是海子对当代诗歌的一大贡献。当然,必须考虑到与主体——写作者命运的结合与见证关系,这种重要性才能够被进一步确立。比如其他的当代诗人也经常写性,但通常很难让人读之会"怀有敬意"。

还有,从肉体书写的角度,我们还可以看到一个真实和立体的海子,而不只是一个"神化和神话的海子"。在纯洁的海子之外,还有一个有着世俗生命经历的海子。他的这些侧面非但不会损伤他的荣誉,相反会增加他的丰富性,他的语义系统也会因此得到多面的整合和理解,这是一个必要的认知,它使得海子诗歌的语言世界、意义系统更加感性和丰富了,更加圆融和圆润了,有了可感的生命与世俗性。

而且有一点我还必须交代,几年前我在一个特别的场合,曾当面询问一位与海子生前有过密切交往的朋友——原谅我不说出他的名字。我问他，海子是否有过"真正的恋爱"？他的回答是肯定的。但他笑问我，为什么会问这个问题，我的回答是，出于解读海子的一类作品的需要。因为我觉得，确乎需要一种准确的细读，假如海子是丰富的，而我们却硬要将他单质化，那对于一个重要的诗人和一个逝者来说，都是不公平的；而且如果海子绝大部分的诗歌都是可以经得起细读的，那就同时说明了两个问题：一、海子的诗歌确乎是不朽的；二、我们时代的读者是有耐心的。假如海子不曾有这样的经历，我们的细读岂不是有亵渎之罪。好在，我的猜测没有离谱，这使我倍感欣慰——不只是为了自己解读的正确，更是为海子曾有过人间的美好经历。

三、爱与死：怨念、黑暗与爱的极致形式

"爱和死，永远一致。求爱的意志，也就是甘愿赴死。"① 在《悲剧的诞生》中，尼采将无意识的书写、人性中天然和黑暗的部分，视为同一个问题的两个面，这如同精神分析学家将"超我"视为植根于"本我"之中的东西是一样的——顺便说一句，从书中我们可以看出他对于精神分析学的影响是多么大。同时，与中国人"色与空"的观

---

① [德]尼采：《悲剧的诞生》，周国平译，三联书店，1986年版，第262页。

念,比如"风月宝鉴"也是至为接近的,只不过我们的先人把这件事体悟得太透,又表述得太过简单化,也似乎有点"俗"了,舍弃复杂的过程把结果提前呈现出来。当然,这也是对于那些执迷于色欲和物化之人的一种提醒。而在狄奥尼索斯和尼采的角度看来,爱与死作为生命意志,既是无法通过"过滤"或分隔而选择的,同时作为艺术创造的源泉与动力也是至为宝贵的。在我观之,海子崇尚投入烈火和献祭式的"燃烧",他的"一次性写作"和"一次性生存"的说法,都是从尼采和雅斯贝斯的理论中衍生而来的,是感性生命的崇拜、创造、挥霍与毁灭的混合式的实践。

从这个角度,再去理解海子的诗歌和他的情感与爱欲书写,便获得了一把钥匙。关于这个哲学逻辑的推演,前文中已反复涉及,这里不拟再做展开了。我想重点要做的就是文本方面的解析。

如果要找一个入口,我以为《四姐妹》是一个最好的例子。

这首诗是写于海子自杀之前的一个多月[1],之后海子完整的作品已不多。所以某种程度上也可以看作是他的"绝命诗"之一了。这首诗通常被读者看作是海子"最美的"诗篇,然而在我看来,必须透过文本的表层看到其内部构造,看到它属于感性生命、本能和无意识的部分。它可以说是"爱与死"的文本的范例。第一,这是一

---

[1] 《四姐妹》一诗写作的具体时间为1989年2月23日,离海子3月26日自杀,只有一个月零三天。据西川编《海子诗全编》,上海三联书店,1997年版,第445页。

首写"死后情景"的诗篇,"夜里,我头枕卷册,想起蓝色远方的四姐妹""我身在这荒芜的山岗,怀念我空空的房间,落满灰尘",这是设想坟墓中的自己,在万籁俱寂中"身后的惦念",这种"死后的抒情"视角在海子的诗中是常见的——可以说是他的一个发明。第二,这是致自己一生所爱的诗篇,"四姐妹","比命运女神还要多出一个",这显得高调和炫耀的数字似乎会惹人争议,但他又以死升华了这并无"合法性"的"博爱"式的情感,显示了他超乎常人的博大心胸。第三,这是表达思念和绝望的诗篇。如果我们以常人心态来推论,此时他必死的决心已定,辞世前唯一的奢求,便是想与他平生所爱的人见个面。但从诗中看,却是一个都没有来。在孤寂和绝望中他写下了这首既充满怨念同时又最终宽释了所有人的诗,他想:你们不来会后悔的,于是幻觉中便出现了他死后她们闻讯前来,扑倒在坟头痛哭的场景:"四姐妹抱着这一颗,一颗空气中的麦子""抱着昨天的大雪,今天的雨水,明日的粮食与灰烬……"迟到的她们只看到了荒凉山岗上的一抔黄土。这一想象可以说混合着自怨自艾、自恋自怜、自戕自傲的复杂心绪,他真实而率真地流露了这心绪,算是给了自己一个交代。仿佛历经了两个仪式:一是死前的告别,一是死后的哭坟。

这首诗生动地记录了这个虚构的过程:同时作为"生者"和"死者"集于一身的决死想象。一座坟丘出现在荒凉的山岗,四姐妹闻讯前来吊唁，而"他身上的死者"已经安卧于黄泉之下、土丘之中，依稀怀念着生前此刻的孤单。【注意：这有点像是李商隐诗中的那种时间："何当共剪西窗烛，却话巴山夜雨时"；或是"此情可待成追忆，只是当时已惘然"。我称之为"将来过去现在时"，或是"现在过去将来时""过去将来现在时"。】长眠中他依稀记起了那其实互不相干的"四姐妹"——"蓝色远方"是冥界的意象，她们是糊涂的，她们居然没有意识到这是最后的机会。现在她们来了，但一切都已经晚了，她们见到的是麦地里的荒坟，只有一颗高居于"空气中的麦子"，这唯一的灵魂标记。

这是多么悲情和感人的一幕！作为死者他想到死后可能的待遇，似乎有些满足；但作为生者他却一个人都未曾见到，他有些怨恨和矛盾，不过他同时又想到与她们曾经的交集，他对她们的赞美——几乎是用诗再度"创造"了她们——"我爱过的这糊涂的四姐妹啊，像爱着我亲手写下的四行诗"，犹如参与创造了夏娃的亚当（上帝从亚当身上剔下了一根肋骨造了夏娃，海子在他的诗歌中重塑了四姐妹），最后他宽释了这人间的冷漠、遗忘、背弃和死亡，因为他已彻悟了生命的大循环和大虚无。这是最后的遗言：

请告诉四姐妹：这是绝望的麦子
永远是这样

> 风后面是风
>
> 天空上面是天空
>
> 道路前面还是道路

  这才是最后决死的理由：死不过是宇宙大道、永恒循环中的一个小小段落。仿佛《红楼梦》中一切源于大荒又归于大荒的那块石头，一世一劫，几世几劫，永世永劫，他藉此给出了自己一个归宿和理由。于是他安之若素，将个体的死亡看成是与本源和大荒互为循环的一部分，故能归于湮灭的无限安宁与平静。在这种哲学认知面前，个体的那些爱恨情仇与恩怨纠结，又算得了什么呢。

  但这样一来，我们难免把死亡理性化了，而事实上这终点又是他恩怨纠结的起点。没有爱的盲目支配，死的坦然又从哪里来。所以我们还得再转回来，承认爱与死在他这里的循环逻辑，没有哪个人的死是由理性支配的，它永远是本能和所谓"命运"的共同产物——所以海子提到了"命运三女神"。

  我必须说，这里有一个很深的"无意识"的东西须要给出离析：关于"四姐妹"的过剩想象。我相信海子确曾爱过多个女孩子，而且他也并非像我们中的许多俗人那样迷恋于"多"，但至少在无意识中，他也有着一个"妻妾成群"的男权意象，这不是源于道德的缺陷，而是基于古往今来男权无意识的支配。我并不想把海子单纯看作是与"本我"无干的"超我"化身,他即便是"先知"和"半神",也毕竟还有一个真实的"肉身"。所以这首诗如果存在一个集体无意识或个体无意识意义上的"潜文本"的话,那么这个"本我"或者"肉身"从中获得的某种满足感,我认为是他最终可以决死的一个重要的缘由和基础。这一点我无法说得很清晰,但是相信大家能够感知到其中的深意。

因此,死亡的视角在海子的诗歌中,并不只限于哲学的升华,同时还是一种本能,一种病症,而这正是诗歌的真谛。尼采老师说得对,"我们应当认识到,存在的一切必须准备着异常痛苦的衰亡,我们被迫正视个体生存的恐怖",正是这种生存和毁灭,存在与死亡同在的恐惧体验,让我们可以向死而生,与"原始的生存狂喜"(那种酒神附体般的诗与戏剧的激情)"合为一体"[1]。海子这首诗中的某种魔力,应是缘于这种死亡的本能恐惧与生命激情的激荡混合。

关于诗中的"命运女神",我觉得应稍稍介绍一下。这也再度表明了海子对于希腊文化的熟谙和迷恋。在希腊神话中,命运女神指的是天神宙斯(Zeus)和他的第二位妻子,也就是泰坦神族中代表正义和法律的女神忒弥斯(Themis)所生的女儿,分别是:阿特洛波斯(Atropos)、拉刻西斯(Lachesis)、克洛托(Clotho)。最年长

---

[1] [德]尼采:《悲剧的诞生》,周国平译,三联书店,1986年版,第71页。

的阿特洛波斯掌管死亡，手拿让人恐怖的剪子，负责切断生命之线；二姐拉刻西斯负责分配命运，决定生命之线的长短，所以她手持丈量的杆子；最小的克洛托掌管未来和纺织生命之线，所以手拿纺锤，在扯着变幻莫测的丝线。三姐妹共同掌管着人的生命长度与命运变迁，即使是她们的父亲宙斯也不能改变她们的意志——希腊人就是这样恰切地解释了一切，他们通过神话把人间的一切关系和事理都解释得清清楚楚。海子在这里将他爱过的四个女孩子比作"命运女神"，一个是显示其"多"，另一方面，最主要的，我认为还是将她们与"命运"联系在一起。这与我们每个人的爱情与婚姻方面的经验都是相似的，所谓的"缘分"不过是"命运"的另一个名词，或另一种解释罢了。当然，对于海子来说，她们不只构成了情感的缘分，也在一定程度上影响了海子人生的轨迹，以及眼下强烈的死亡冲动。

　　写下了这首诗，我想海子最后的惦念和纠结都已经解决，他终于可以做出那最后的致命决定。

　　让我再举出这一首《天鹅》。它也被视为是海子最美的爱情诗之一，我同意。但多年前我并没有意识到其中"大雪飞过墓地"的意思，也没有真正理解"十根冻伤的蜡烛"到底是要说什么。坦率地说，如果关键性的字句没有搞清楚的话，所谓的细读便是不可靠的，它表明，要么是读者出了问题，要么便是文本本身有问题。后来当我真正读懂了这几句，我才意识到海子的独特和了不起。他是时常"从死亡的方向看①"问题，才会比别人看得更深，更为独特。这首诗是向一位他倾慕的女孩致敬的，所以他对于自己和另一个主人公的设定，便出现了两组重叠的比喻：一个是"天鹅"——假如女性是天鹅，那么对应的男性便是"癞蛤蟆"，因为他们是这样一种关系，一个在天上飞翔，可望而不可即；另一个则是在水中，在泥土里仰望。而为了强化"在泥土里"的这种处境，海子刻意将自己设定为"死者"，一个在墓地中绝望的死者，在爱慕着凌空飞跃的一只天鹅，为她祈祷和祝福。当然，这也近似于《红楼梦》中贾宝玉将女性比为水做的，男人为泥做的说法。它不是没有来历的。

什么是刻骨铭心？这就是刻骨铭心。海子在这首诗里表达了一种死者对生者的爱，"癞蛤蟆"对于天鹅的爱，卑微者对于女神的爱，以此来衬托他对于女主人公的赞美，构成其感人至深的力量。诗中充满了强烈的自卑感，但又将这自卑升华为令人感动的真挚和虔诚。

夜里，我听见远处天鹅飞越桥梁的声音
我身体里的河水
呼应着她们

---

① "从死亡的方向看"系多多诗句，后来批评家唐晓渡以此为题，写了文章《从死亡的方向看》，见《山花》1994年第7期。

>   当她们飞越生日的泥土、黄昏的泥土
>   有一只天鹅受伤
>   其实只有美丽吹动的风才知道
>   她已受伤。她仍在飞行

天鹅的"受伤",是否意味着是被"丘比特的箭"射中了呢?这个信息在诗中尚处于隐秘状态。但这个羡慕天上之物的人,现在身为俗物,无望地爱着。

>   而我身体里的河水却很沉重
>   就像房屋上挂着的门扇一样沉重
>   当她们飞过一座远方的桥梁
>   我不能用优美的飞行来呼应她们

准确地说,这一段我认为应该是梦境的描写。"身体里的河水很沉重""房屋上挂着的门扇一样沉重",无疑是梦境经验,这一点应该不难体察。有时人在梦中会异常轻盈,可以凌空飞行;有时又手脚不听使唤,无法掌控自己的行为和动作。好的诗歌就应该在无意识的层面上抵达一种这样的经验深度与真实性,要具有某种确切的"可感知

性"。海子的诗歌在这方面是最值得我们学习的。

接下来就是习惯的"死亡视角",海子再一次将自己比作坟墓中的人,在泥土中无望地爱着所爱的人——他可能太爱自己这个发明了。这一段我认为是海子抒情诗中最为独特的一段,堪称是绝唱式的句子。

> 当她们像大雪飞过墓地
> 大雪中却没有路通向我的房门
> ——身体没有门——只有手指
> 竖在墓地,如同十根冻伤的蜡烛

这天鹅飞过我的墓地,她那逼人的雪白和优美的身姿,如一场大雪覆盖了我的世界——这比李白的"燕山雪花大如席"要厉害多了吧。这个绝望的、被掩埋在土地里的人,无望地爱着,如地上的俗物爱着天上的飞鸟,坟墓里的泥土爱着活生生的人,但他的双手还是伸出了墓穴,露在积雪之上。他冻僵了,伸出的双手像雪地上的十根冻伤的蜡烛在燃烧着,祈祷着,赞美着,赞美那覆盖一切的大美。我无法想象,多么出众的想象力才能写下这样一幕情景,这悲凉而又温馨、感人至深又令人绝望的情景。

> 在我的泥土上

在生日的泥土上
有一只天鹅受伤
正如民歌手所唱

结尾其实只是一个副歌式的重复，是在旋律上的一个冗余，或者专业一点说，叫作"能指的重复"，没有多大意义，但在节奏和旋律感上构成了完美的收尾。我确信，这是海子写得最美的诗之一，它可以谱成一首动人的小夜曲，可惜，舒伯特或者托赛利都不在了。

上述都可以看作是爱的极致形式，这么美的诗篇中充斥着黑暗、欲望、死亡、怨恨，乃至于男权主义的无意识内容，但丝毫不会让我们感到不洁与不适，而是感到了它们的真挚与热烈，悲情与执着，成为不朽的人间绝唱。这从某种意义上可以解释，诗歌作为酒神精神的派生物，从来都是植根于本能和无意识的。只有与这些东西发生了关系之时，才会变得丰富和有意思。

与此相关的内容还有很多，比如海子会大量书写献给母亲的诗歌，会将"村庄"的器物与母亲的意象予以混合处理，而这其中就出现了复杂的比喻和情感。我前面讲到，海子的诗中可能潜伏了敏感的"恋母情结"，在《思念前生》一诗中曾有显著的表达，"母亲如门 / 对我轻轻开着"，这或许是想写"我"被"重新诞生"了一次，但究竟是什么将我变成了与从前不一样的现在，他说的具体事情究竟是什么，不得而知，其中的隐秘经验究竟隐喻着什么也难以解释。这是海子诗歌中黑暗的部分。尼采在《悲剧的诞生》之一开始就阐述了由"梦和醉"两种经验主导的艺术世界，他认为"壮丽的神的形象首先是在梦中向人类的心灵显现；伟大的雕刻家是在梦中看见超人灵物优美的四肢结构。如果要探究诗歌创作的秘密，希腊诗人同样会提醒人们注意梦"①。这种解释提示我们，诗人以梦的方式来处理壮美的事物，或者是在诗歌中直接描写梦境记忆，都是写作的常态和应有之义。而海子诗歌中有许多都是对于梦境的书写或处理。这大大增加了他诗歌中"意义的阴影部分"，使得这个世界变得更加立体、复杂、晦暗和幽深。

---

① ［德］尼采：《悲剧的诞生》，周国平译，三联书店，1986年版，第3页。

第 六 讲

"大地和天空是上卷和下卷合成一本的圣书"：海子的文化写作与元写作

> 圣书上卷是我的翅膀，无比明亮
> 有时像一个阴沉沉的今天
> 圣书下卷肮脏而欢乐
> 当然也是我受伤的翅膀
>
> ——海子：《黎明·之二》

小　引

在这首《黎明》中，海子将大地和天空比作是一本打开的书，同时也是他自己的两只翅膀。这意味着，它们与诗歌和生命本身以及诗人的生命经验处在同构和同在的关系。当它们打开之时，既是生命的"在世"景象，也是世界向着人的经验的敞开，当然，也意味着这就是一卷无尽的诗歌——海子所说的"真诗"，即对应着自然界之真理的诗。在这卷大诗中，明亮与阴沉同在，欢乐与悲伤同在；当它们合上，则意味着这世界的湮灭，以及感受主体——人的消失，一切化为乌有。

显然，这首诗形象地指证着海子诗歌的"元写作"性质。

这里所说的"元写作"有两种情况。一是广义的。指他"以诗歌写作来讨论"文化问题，艺术问题，针对诗歌史和哲学史、艺术史上的众多先贤，来进行对话或互文式的写作，这构成了海子之超出了一般的"抒情诗人"，而臻于"哲学或本体意义上的诗人"的一个依据。当然，其中还有更为边缘一点的，即他的"文化主题"写作，这些与1980年代中期的诗歌运动有直接关系的诗歌，必须从某些纵横联系中来重新予以认知，以避免将其看作是独属海子个人的飞来之物。二是狭义的元写作——直接在一首诗中讨论这首诗的写法，如同美国人华莱士·马丁给出的概念①一样。这一部分我认为也非

---

① 美国人华莱士·马丁关于"元虚构"（metafiction）有一个明确的定义："元虚构以另一种方式悬置正常意义。像反讽和滑稽模仿一样，前缀'meta -'指的是语言的种种非文学用法中所见到的种种现象。正常的陈述……存在于一个框架之内……有说者和听者，使用一套代码（一种语言），并且必然有某种语境。……如果我谈论陈述本身或它的框架，我就在语言游戏中升了一级，从而把这个陈述的正常意义悬置起来了（通常是通过将其放入引号而做到这种悬置）。同样，当作者在一篇叙事之内谈论这篇叙事时，他（她）就可以说是已经将它放入了引号之中，（转接下页注）

常重要，一方面它显示了海子写作的自觉意识，同时也给我们理解海子的写作观念，进而理解当代诗歌的道路，有很大帮助。

当然，至于"上卷"和"下卷"分别说的是什么，在海子的诗中也很清楚，那就是天空和大地。天空即太阳母题，为上卷；下卷自然就是大地了，天地间站着这个赤子，翻动他巨大的翅膀，成为他自己的盘古、夸父、精卫、共工、刑天，也成为他自己的亚当、宙斯、朱庇特和法厄同，以及耶稣、摩西和诸般圣徒。他将自己想象成为各种"半神"和神的身份，集创造和毁灭、胜利和失败于一身的先知形象，以此来展开他的抒情。关于这些，之前我们已经讨论得太多了。

之所以从这首诗开始，我是想说，首先一点，海子是有着庞大的理论架构和观念体系的诗人，虽然这些思想并未生成逻辑和体系性的理论。但毫无疑问，海子对诗歌理解的哲学深度，超过了那一时期的所有人。他是从哲学、宗教、文化、人类思想的原点处，来思考诗歌

（接上页注）从而越出 这篇叙事的边界。于是这位作者立刻就成了一位理论家，正常情况下处于叙事之外的一切就在它之内复制出来。"另，关于"meta-fiction"的意思，原注认为可以翻译为"超虚构（作品）"，或"关于虚构的虚构"。见［美］华莱士·马丁《当代叙事学》，第184—185页，伍晓明译，北京大学出版社2005年版。以此来解释"元写作"的意思便可以推为"关于写作的写作"，其意思即"在作品中讨论写作的问题"。

与真理，与存在的关系的，是从希伯来文化、希腊罗马传统、印度智慧①和德国哲学的意义上来思考诗歌的，是真正本体论和认识论双重意义上的探讨。他的《诗学，一份提纲》，还有其他的谈诗文字，都长久地高居于精神与当代中国诗学的云端。并且这些论述与他的诗歌创作之间，存在着广泛的互证与互文的密切关系。其次，这首诗也是一个典范的元写作文本，他是在诗歌中暗示或明示了自己的写作追求，自我界定了其写作的性质。

作为最原始的意象，大地和天空具有最初的本源意义和广泛的象征意义，海子敏锐地意识到这点。就人的认知而言，最初和最根本的象喻即是天空和大地；就生命与伦理而言，它们分别象征了母本与父本；在诗歌中，大地母题象征了阴性的地母与造物本身，是存在的原始样貌，而天空则象征着认知和统治者，权力与真理，当然也是创造与毁灭的力量。这表明海子是试图朝着"原诗"和"真诗"去创作的，

---

① 在给燎原所著的《海子评传》所作的序言中，西川曾经对某些评论现象给予讥讽，认为有人在对《罗摩衍那》《奥义书》等印度古代典籍一无所知的情况下，宣布海子从印度古典智慧中汲取了伟大的营养，他们并不知道海子"并未接受印度人的相对精神和实践观念"，这是对于妄加判断者的一种提醒。但他也承认，"一个真正的印度对于海子并不重要，重要的是海子需要一个属于他自己的印度，他需要这样一个印度向他投掷宝石和雷霆。海子有一种高强的文化转化能力……能够将这或者存在或者不存在的远方内化为他生命本质的一部分"。我对这种提醒倍感钦佩，尽量避免自己在文字中作各种盲目的判断，但也知道无法避免类似的问题。见燎原《海子评传》，作家出版社，2016年版。

同时也把天地间的一切创造看成是可以"齐一"和"整合"的，可以归于"本源"和"本原"的东西。这犹如《红楼梦》里的风月宝鉴的两个面，他的两只翅膀不断打开和合上，也构成了白天与黑夜，生与死，存在与虚无，创造与湮灭……是一个世界的两个界面和形态，也是垂直的视觉世界中的上下两个互补性的构造。

> 我空荡荡的大地和天空
> 是上卷和下卷合成一本
> 的圣书，是我重又劈开的肢体
> 流着雨雪，泪水在二月

自然还是不忘在创伤中展开，以悲剧的承受来彰显其"准神性"的"圣书"意味，同时抵达此在的一刻，"流着雨雪"和泪水的二月。这是1989年的2月22日，"在昌平的孤独"中的海子，已"沉浸死亡"久矣，内心看似平静实则在做着最后的斗争。他亢奋而忧郁着，清醒而又虚惘着，游移而又决绝着。这是反复的自我况味、实践和证实着他的自虐与牺牲的冲动，并且将世俗自我升华为悲剧英雄的一个过程。

因此，我以为这是与《祖国（或以梦为马）》相近似的一类诗歌，具有纲领性意义的诗歌，是述志和抒怀的诗歌，精神自画像式的诗歌，也是作为生命自决之一部分的临终之诗。解读它，即具有精神解剖和文本方法解剖的意义。

一、"击鼓之后"：文化主题写作的影响来源

这部分我们要梳理一下海子诗歌中的文化主题写作的由来，包括他与杨炼、四川的整体主义群落，以及第三代诗人的"文化史诗"写作之间的密切的、对话甚至脱胎的关系，过去这点几乎都被忽略了。当然，若从"历史考据"的角度，可能还远远不够。

问题还在于，一旦我们以这样的视角看去，就会发现，海子与1980年代的文化主题写作的关系是如此紧密，他作品中的此类主题是如此密集，话语的元素是如此息息相关，可以说几乎影响到了1984年之后他的所有写作。他之所以能够超越"日常生活意义上的抒情诗人"，同时也超越了浪漫主义意义上的抒情诗人，与此间发生的文化主题写作热之间，可以说有着决定性的关系。尽管海子事实上与这一潮流并不完全合拍，在根本上还超越了这一写作造成的流俗，但他毕竟是在这一文化自觉中飞升而起的诗人。

顺便要交代一点，在整理完前五讲之前，我一直不敢看任何一本海子传记，甚至也不敢看其他研究者的文章，而一直是以西川编的《海子诗全编》作为几乎唯一的文本依据。当然会有一大堆其他的参考材

料，该全编中西川的文章也必看，但我尽量做到少看和不看其他同行的文章，这绝非出于自大，而是恐惧。我深恐自己的看法被同行影响和同化，那样的话，自己的讨论可能完全失去了意义，因为关于海子的研究这一命题太容易同质化了。当然，我这样说，并非意味着我真的没有受到同行的影响，因为之前那么多年的研读，肯定多少都已有意无意地受到过各种影响，且肯定已渗透在我的文字中。基于这种担心，我尽量把注意力放到海子文本的阐释之中，而不是更多同行的论述观点和材料那里。

但在整理完前五讲，只剩此一讲的时候，我原来的担心基本解除，因为即使受影响也不会太大了。所以我开始有限地读一些同行的论述。

海子第一个时期的史诗写作，大约是从1984年到1985年。这个阶段刚好是1980年代中期"史诗热"的时期，第三代中的"整体主义""非非主义"诗人群体，在这个时期已经普遍开始尝试史诗写作[①]，而海子的史诗写作刚好也是与之合拍的，受其影响或者也直接影响了别人。据诗人燎原考据，1980年代之初的某一个时刻，北京的青年诗人杨炼从西安的半坡遗址出发，经由河西走廊到敦煌，再到青藏高原东沿的九寨沟，用藏语"男神"之意命名的雪山瀑布"诺日

[①] 1982年，四川的诗人宋渠、宋炜兄弟发表了《这是一个需要史诗的时代》的呼吁，随后出现了众多尝试长诗、大诗和史诗写作的例证。见老木编《青年诗人谈诗》（未出版），北京大学五四文学社，1985年印行。

朗",在这一"原生历史文化路线上的浩瀚漫游",使他写出了《诺日朗》和《礼魂》等庞大的组诗作品,然后迅即影响到了更多年轻诗人。① 在姜红伟编著的《海子年谱》中记录了海子与四川青年诗人群之间的交集,"1985年5月四川省东方文化研究学会主办的铅印诗歌民刊《现代诗内部交流资料》第一期发表海子诗歌作品《亚洲铜》,并将《亚洲铜》设立为栏目名称";"1985年8月,四川中国当代实验诗歌研究室主办的铅印诗歌民刊《中国当代实验诗歌》第一期发表海子散文诗《源头与鸟》";"1986年2月,四川万县的青年诗人唐明主编的油印诗歌民刊《现代诗潮》创刊号发表海子的诗歌作品四首:《北半球》《褪尽羽毛》《蓝姬的巢》《莲界慈航》"。②类似的文字交集还有很多。时为四川青年诗人和诗歌评论家的杨远宏,作为"整体主义"诗歌群体的核心成员之一,还写了一篇题为《吹响当代中国诗坛的北方雄风》的文章,专门谈及海子的诗剧《遗址》,认为这是一部既具体又极抽象,象征和神秘氛围都极浓厚的诗剧作品。他提醒读者不要试图用习惯的方式去按图索骥地"读懂",而是要"总体的领悟和把握,而不是琐碎的环节解析"③。燎原在《海子评传》的第四

---

① 燎原《海子评传》之第四部分"烈日烤红的北方平原"中的第一节"河流:从水中划上北方陆岸",作家出版社,2016年版。
② 姜红伟:《海子年谱》,《北京文学(精彩阅读)》2018年第10期。
③ 杨远宏:《吹响当代中国诗坛的北方雄风》,《草原》1986年第10期。

部分"烈日烤红的北方平原"的一、四两节中，也详细记录了他与四川诗人的交游唱酬，以及所受到的杨炼和江河的影响。

究竟是谁发起了1980年代初期这场诗歌的文化运动？从史料学的角度看，至今仍是一个难题。从逻辑上的推演倒不难，如果说七八十年代之交的中国经历了一场"思想解放"的由上而下的变革，那么在思想界则是经历了一场类似"启蒙主义"的精神运动，尽管这场运动与"五四"比起来或许还有衰变，但毕竟社会在解冻，而且，从延伸的逻辑看，必然是由"社会启蒙"阶段到"文化启蒙"阶段的一个深化。起初人们认为是社会政治问题，后来便发现还是深层的文化问题。这样自然由"朦胧诗"（主角为北岛、舒婷、顾城）承载的社会与人性的反思，进而推演为"后期朦胧诗"（主角换成江河、杨炼）的历史追索和文化探寻。而晚于他们接受教育和登上诗坛的新一代，则表现出更加自觉和强烈的文化反思与重寻的意识。这极大地升级了当代诗歌写作的层次，尽管从一般公众的审美能力方面，他们与后期朦胧诗的文化趣味差不多已完全脱节，从而使朦胧诗丧失了其原来的轰动效应，但这并非是当代诗歌的颓败和降解，而是真正的深化和提升。

当然，中间也还夹着一个"清除精神污染"的事件，时间大约是在1983年秋冬到1984年的晚些时候。这期间朦胧诗作者北岛、舒婷、顾城等受到了明显的冲击，在公开刊物上都消失了踪迹。仿佛在刚刚热闹非凡之后，诗歌界的核心地带突然出现了一个"真空"。在这种情况下，文化主题的写作就变得更有适应性，它们不仅可以将朦胧诗开始的现代性写作予以持续升级，使其写作渐渐变得更趋成熟和复杂，还因为其立足表现"本土文化与民族传统"，而容易获得合法认证。这一点，至少在逻辑上是说得通的。

然而海子在这一切的历史风雨中基本是置身其外的。置身其外并非因为他是犬儒主义者，而是因为他所思考的问题和所使用的话语，早已超出了时代，超出了常人的视界。当大部分人还在考虑与时下的环境以及写作氛围的关系如何处理的时候，海子早已天马行空。而在哲学和形而上学高度上的思考，很容易地就避开——还不如说是"超越"了——当下的敏感问题。所以，尽管江河的《太阳和他的反光》和杨炼的文化主题写作并不见得是海子理想中的文本，但他还是为他们所吸引。我注意到，在海子的诗论中，包括早期长诗的序跋等副文本中，都并未有只言片语提到他们，只是在写于1984年12月的第二部长诗《传说》的题记中，他写下了"献给中国大地上为史诗而努力的人们"[1]这样一句话。但据知情人说，海子在与江河、杨炼有限的交集中虽话语不多，但总是以赞赏的态度评价杨炼的作品[2]。

---

[1] 西川编：《海子诗全编》，上海三联书店，1997年版，第206页。

[2] 据笔者求证唐晓渡先生，他因时任《诗刊》编辑，参与先锋诗歌的批评活动甚多，且作为"幸存者俱乐部"的发起人之一，与海子交集甚多。他记忆中海子对杨炼评价颇高，认为海子受杨炼影响亦非常之大。

一旦当我们试图从这一视角来看,马上便清晰地看到了这条地图上的连线:从北京或北方到西南,这是 1980 年代前期到中期许多写作者喜欢的一个地理路线。小说界漫游西藏并以此为题材的作家有马原、洪峰、马建等,诗歌界则有杨炼、马丽华,当然还有海子。而这个现象的背后,则是民俗文化热、传统寻根热的文化思潮。

从 1984 年到 1988 年间,海子先后去过西藏和四川共四次。第一次是 1986 年 7 月暑假期间从青海入藏,先后游历西宁市、青海湖、格尔木和西藏拉萨;第二次是 1987 年 1 月到四川旅行,先到九寨沟,11 日到四川达县看望一位女诗友,随后在达县市文联主办的文学刊物《巴山文学》第 2 期、第 6 期连续发表多篇诗歌作品;第三次是 1988 年 4 月,海子再次到四川旅行,先后赴成都、乐山,并在居住于沐川县红房子的青年诗人宋氏兄弟——宋渠、宋炜家中盘桓十余日,继而再回到成都,先后住在诗人万夏和尚仲敏处,并与欧阳江河、翟永明、石光华、刘太亨、廖亦武、钟鸣、杨黎等见面,切磋诗歌技艺;第四次是当年的 7 月下旬,海子和青年诗人一平、王恩衷等人结伴到西藏旅行,经由德令哈等地,8 月到达西藏,先后游历日喀则、拉萨等地。①这四次游历,都在海子的诗歌写作中留下了深刻的印记。

显然,海子不但得益于 1980 年代前期兴起的这股文化主题的诗

---

① 以上均据姜红伟《海子年谱》,《北京文学(精彩阅读)》2018 年第 10 期。

歌写作热，而且与之交集甚深。但毫无疑问，海子非常幸运地很早介入，又更加"幸运"地始终处在了这股思潮的边缘地带——他一方面在1984年就开始进入了文化主题，而不是一般的抒情写作，并且开始较多地以此为主题写作长诗①，由此他迅速地甩开了一般意义上的"校园诗人"的青春抒情写作；同时又因为他始终没有进入文化主题写作热的核心圈子，而使得他的趣味更偏向于哲学与形而上的思考，且拥有更为广阔的西方文化视野。由此他得以走得更远。

1986年11月，一位叫于慈江的北京大学中文系研究生，在对北大的校园诗人进行综合性评述的时候，非常敏锐地对于海子诗歌的文化主题写作给予了评点，谈到了海子此类诗歌的得失，如今看来仍然是很有见地的。他说：

> 同样是文化的关注，海子则又显露出另一番面目。他不像邹玉鉴那样捡拾一些文化的边角料零敲碎打，而是尝试用组诗的形式营造一些结构形态，并企图通过最初始抽象的概括去接近古老的东方文化本体。《易经》八卦、"阴阳五行"对其诗的影响非常浓重。写的较有质量的《如一》

---

① 1984年4月，海子自费油印了诗集《河流》。其中包括三首长诗：《春秋》《长路当歌》《北方》以及序言"寻找对实体的接触"和代后记"源头和鸟"。此亦据姜红伟《海子年谱》，《北京文学（精彩阅读）》2018年第10期。

（慈江按：这是海子一个组诗的名字）便是作为一个象征系统出现。这些诗的表面形态似乎都与男女欢爱有关联，但其深层结构其实是"天人合一"观念笼罩下的阴阳对立、转换、互补，化生"如一"。

这样，他的诗自然地染上了浓厚的神秘色彩。因而，海子的诗隐隐然与杨炼代表的现代史诗取了同一步调，并最终实际上成了他们的同志者。然而，海子的独特意义在于，他的诗的出发点与最终归宿都首先是诗，而非文化研究的材料。在这一意义上，他比其他现代史诗的一般追求者明显高出一筹。而在整个未名湖诗坛上，他的诗某种意义上也可说最接近诗的本质，但大概是太想成为艺术品、太过刻意追求的缘故，他诗中的历史文化意识缺乏现实意识的基石，使本来的有目的的批判的追寻变成了原始崇拜，尚有待对自身做更进一步的超越。然而不论如何，海子的更大发展是可以期待的。[1]

显然，该文作者意识到了海子的不同一般，也意识到了他可能的局

---

[1] 于慈江：《文化反思的缩影与人格嬗变的圆雕——未名湖学院诗歌略观》，《启明星》第14期，该刊为北京大学的油印杂志。见姜红伟《海子年谱》，《北京文学（精彩阅读）》2018年第10期。

限。当然,他是从 1980 年代诗歌潮流的角度来审视和解读海子的,并未意识到从海子所梦寐以求的"大诗"和"真理诗"的角度来考虑问题。尽管他意识到了海子试图以诗来超越"文化的材料",以感性的"象征系统"来替代"易经八卦",因为"最接近诗的本质",所以"比其他现代史诗的一般追求者明显高出一筹",但他仍然认为海子诗歌的问题在于其"历史文化意识缺乏现实意识的基石"。从 1980 年代的诗歌现场看,这是对的,但从更久远的时间维度看,海子恰恰因为其脱离了所谓的"现实意识",才在这个年代的诗歌流俗中最终崭露头角。因为他倾心于形而上学的世界,而不是"为现实提供有用的参照",这种实际上毫无根基的幻觉之中。所以,借用一下他的《亚洲铜》一首中的句子,似乎可以来做这一节的结尾:

亚洲铜,亚洲铜
击鼓之后,我们把在黑暗中跳舞的心脏叫做月亮
这月亮主要由你构成

很多年中我不明白,为什么会出来一个上不着天下不着地的"亚洲铜"。这首诗海子究竟想说什么,他似乎是想说土地,这片有着典型的"亚细亚生产方式"的土地。因为土地的颜色正是接近于铜的颜色,而青铜又象征着农业的古老与珍贵。"祖父死在这里,父亲死在这里","主

人是青草","屈原遗落在沙滩上的白鞋子",这些都应该是她所值得骄傲的传统。但最终这首诗的含义究竟是要表达什么,仍然只是一种情绪,我想海子本人可能也无法给出确切的回答。这是一次文化怀古的冲动,一次臆想中的仪式,"击鼓之后","亚洲铜"的核心意象幻化成了一枚古老的青铜般的月亮。这月亮所包含的中国文化遗存固然很多,但却未有清晰的现代性含义。

而这可能也正是1980年代所有文化主题写作的一个共同困境。

二、"在春天再次怀孕":向着感性与生存

当我们在上述限度上来看待海子的时候,就能够接近于理解他努力挣脱的意图了。他所希望的是对于传统的审视会出现意外的奇迹,即不是找出传统的尸身,而是使这土地再次受孕。所以,文化主题的发掘,出路在于将其引向哲学的思考,并最终将其转化为生存的壮丽史诗,即由"酒神"所设定的原始情景中感性的生命悲欢,舍此没有别的可能。

所以于慈江所说的,海子和同时代的诗人相比显得更高一等,并非虚言。当我们将海子和杨炼等1980年代中前期史诗写作者的作品放在一起来看的时候,他们之间的连贯性、互文性与演变的图谱,就会逐渐清晰起来。很明显,杨炼写了《半坡》《西藏》和《敦煌》,海

子也皆有同题之作，并且在很多作品中还植入了这类意象。如在《祖国（或以梦为马）》中他就嵌入了"以梦为上的敦煌"，"那七月也会寒冷的骨骼"。当然，并非说杨炼等人的作品一定不及海子，或者海子一出手就超越了杨炼，而是说他们显示了两个代际的写作之间鲜明的不同。

我们先来看杨炼的《敦煌·飞天》中的两个片段：

我不是鸟，当天空急速地向后崩溃
一片黑色的海，我不是鱼
身影陷入某一瞬间、某一点
我飞翔，还是静止
超越，还是临终挣扎
升，或者降（同样轻盈的姿势）
朝千年之下，千年之上？

……人群流过，我被那些我看着
在自己脚下、自己头上，变换一千重面孔
千度沧桑无奈石窟一动不动的寂寞
庞大的实体，还是精致的虚无
生，还是死——我像一只摆停在天地之间

> 舞蹈的灵魂，锤成薄片
> 在这一点，这一片刻，在到处，在永恒①

诗中充满了关于"飞天"的转喻形象，他用了"鸟""鱼""摆"，同时又配以"飞翔/静止""升/降""千年之下/千年之上""实体/虚无""生/死"……这些共同构成了他以转喻形式来进行思辨的写作方法的基本图式。我不能不说，杨炼很厉害，我个人曾对此崇拜得五体投地，相信海子也一样会充满敬意。但他却自觉地避开了这种依据理性思维的诠释方式，而采取了他以轻代重、以逸待劳、以含混代清晰、以四两拨千斤的方式。当然我们也可以说，海子以二十岁之身与杨炼的三十岁之躯相比，可能很多事情会更想不清楚，但他却不"知其不可而为之"地去翻译那些文化的密码，或是在古老的经卷中去强行粘贴意义，而是只用形象来言说。

> 敦煌石窟
> 像马肚子下
> 挂着一只只木桶
> 乳汁的声音滴破耳朵——

---

① 杨炼：《黄》，人民文学出版社，1989年版。

> 像远方草原上撕破耳朵的人
> 来到这最后的山谷
> 他撕破的耳朵上
> 悬挂着花朵

这番感受或许还带着孩提的兴奋与想象,与杨炼诗中刻意的深邃厚重、智者的雄辩滔滔很不一样。这年轻人怀着敬意来到敦煌,他几乎不敢也不忍看,因为太震撼人心、太匪夷所思了。所以他尝试用耳朵去谛听那亿万年自然的造化,和千百年历史的演变。他把视觉形象转化为了听觉感受——仍然是"转喻",与杨炼一样,这是诗歌修辞千年以来的基本方法。区别只在于,他后面依然是接着转喻,而没有杨炼式的价值分析与判断。

> 敦煌是千年以前
> 起了大火的森林

这是海子后来在《祖国(或以梦为马)》中所升华出的"那七月也会寒冷的骨骼/如雪白的柴和坚硬的条条白雪/横放在众神之山"的著名诗句之前的说法,那是 1987 年的诗句,而这还是 1986 年。它们之间依稀可以看出蜕变的草蛇灰线。这里海子或许是想说,敦煌之作为佛教文化的集大成者，其今天的干涸与枯萎中，仍依稀可以看出当年的繁茂与兴盛。就像森林历经大火之后留下来的灰烬，一方面可以认为是全部精华的浓缩，同时又包含了巨大的悲剧意味，这场时间的浩劫，或是历史的沧海桑田。可想而知，海子的心情是极复杂的，但表述却很节制。

"在陌生的山谷／是最后的桑林——／我交换／食盐和粮食的地方"。他不说"森林"，而说"桑林"。"桑林之舞"，"桑间陌上"，海子一直喜欢且善用古老的语汇或词根，在《祖国（或以梦为马）》中他抽取了"祖国的语言"和"乱石投筑的梁山城寨"，以及"以梦为上的敦煌"，将此三者作为"囚禁我的灯盏"。还有"千年后我若再生于中国的稻田，和周天子的雪山……"从某种意义上也可以说，他直接将文化的含义与积淀熔铸进了词语与形象之中，而行文间便不太容易再看见所谓"文化"之物，而是只看见了生存者，及其所赖以生存的形象——"食盐和粮食"，他所重视的那些"实体"[①]之物。这些看上去似乎与敦煌的形象相去甚远，但他偏偏就是看见了这些，而没有像杨炼那样看见"超越，还是临终挣扎"，"升，或是降"的文化悖论。不过归根结底，我想他们要表现的都是历史经验、文化经验、哲学形象与生命经验本身的统一，是统一于生命经验的集合性主题。只是表达的轻与重不一样。

---

① 海子：《寻找对实体的接触（〈河流〉原序）》，见西川编《海子诗全编》，第 869 页。

> 我筑下岩洞，在死亡之前，画上你
> 最后一个美男子的形象
> 为了一只母松鼠
> 为了一只母蜜蜂
> 为了让她们在春天再次怀孕

诗中的这个"我"在最后所醉心的，依然是这些含混其词的感性关联，而"美男子"是谁，是佛么，还是敦煌洞窟的绘制者？"母蜜蜂"和"母松鼠"又是指什么？也许海子并不能给出确切的回答，但这些形象所带给我们的想象，就是一个生气盎然的、充满感性活力与生命创造的世界了。它或许并无决定性的优势，但与杨炼的《敦煌》中那些辩的话语比起来，它确实显得更简练和生动、跳脱而透明。这种大胆的形象挪移或插接，在一般人那里可能是荒谬的，但在海子这里却是合理的。非但合理，而且还有着一种还原为古老的根性主题和事物的那种不期而然。

再看这首《吊半坡并给擅入都市的农民》，与前者一样，这一首与杨炼的诗也有某种致意关系，杨炼的《半坡》共包括《神话》《石斧》《陶罐》《穹庐》《墓地》《祭祀》六首[①]，几乎是西安半坡出土的父系

---

① 杨炼:《黄》，人民文学出版社，1989年版，第55—77页。

氏族文化的全景生存图谱，而海子则显然是以逸待劳，只用了短章的形式，来进行一个他自己的演绎，而且是采用了将原始生存和现代人之间建立一个同构关系的方式。平心而论，我对这首诗并未有太高评价，就其形象而言，与前一首《敦煌》比更显得有些芜杂和漂浮，多跳跃的不确定性。我只能说，它的思路是对的，但究竟想说什么，与杨炼式的写作究竟要建立什么样的互文关系，海子似乎尚不太确定。

> 我
> 径直走入
> 潮湿的泥土

他说的"我"，其实已还原为一个半坡氏族的成员，并从那一古老身份径直穿越到了今天，来到了都市西安。这一起笔应该说是很厉害的，但这一第一人称视角的嵌入，决定了它接下来不可以含糊其词的方式来演绎，而必须时时指向清晰的描述与判断。所以它不幸与杨炼诗歌中最常用的"我"的视角迎头相撞。尽管他以生存想象取代了杨炼的文化阐释，但我还是得说，这一首多少显得有那么一些气力不加。"父亲是粮食和丑陋的酿造者／一对粮食的嘴／唱歌的嘴食盐的嘴填充河岸的嘴／朝着无穷的半坡／粘土守着粘土之上小小的陶器作坊／一条肤浅而粗暴的／沟外站着文明／瓮内的白骨飞走了那些美丽少女……"感性生命在这里一旦被历史化的冲动所裹挟，那么杨炼式的写法就自动回来了，而海子在这方面显然还无法轻易将杨炼超越。

倒是另一首《西藏》，在我看来是真正忘却了它所面对的潜文本——杨炼式的写作。杨炼的《西藏》组诗共有《浴神节》《古海》《甘丹寺随想》《天葬》四首，每一首中又有若干短章或小节，形制和体量相当庞大，是杨炼寻根主题体系中相当重要的一部分。海子数次进藏，对于西藏的自然与风俗当然也有许多了解，但他在写这一首的时候，显然彻底放弃了那种文化视野与民俗形象，放弃了那些早已累卵如山的路径与想象，而是用了"极简"的方式，仿佛《红楼梦》中的一个灵感给了他启示，只是反复吟咏了这一句"西藏，一块孤独的石头坐满整个天空"。

细想，整个青藏高原，可不就是"一块孤独的石头坐满整个天空"么，这一定是世界上最大的一块石头了，比大荒山无稽崖青埂峰下的那一块要大得多。你不能不承认海子的想象力，在大多数时候就是如此超拔。

此刻我忽然意识到，海子这类文化主题的写作，与他的长诗写作之间，似乎也隐约有着某些互文关系，或者说是长诗写作的派生物或碎片也未可知，总之它们的写法是有内在一致性的，只是短诗通常会要求有一个完成性和自足性，因而我们对这些作品常常"无头无尾"的情况会有些不满足。但还是不得不承认，海子使用语言的能力的确是太强了，或者说他太"粗暴"了，他总是能把看似不能捏合在一起的词语，强行"捏造"于一起，并将其变成一个个有原始意味的词根，以此来彰显其对于人类历史巨大时空的原始性的指涉。

让我再举出这首《历史》，虽然它是早在1984年的作品，此时海子的诗歌写作还处于求索之初。但与前几首相比，这首倒是清纯和完整了许多，虽然与彼时流行的语调有些瓜葛，但那种海子式的异样与陌生也还是显著的。

> 我们的嘴唇第一次拥有
> 蓝色的水
> 盛满陶罐

"还有十几只南方的星辰 / 火种 / 最初忧伤的别离"。在海子眼里，如果选取经典而富有代表性的物象来隐喻历史，显然"陶罐"是首选，因为它也是这个年代最核心的意象之一，象征了文明的诞生，象征了农业生存的基本器具，也象征了女性的哺育——身体、器官、人类学的诸多命题。以陶罐为核心，他又植入了"嘴唇""水""星辰""火种"这些相关的器或物，这些都是人类生存的基本依据。在最后他加赘了"忧伤的别离"，这应该是将生存具体化的一个努力。他是想说，在氏族成员之间，家庭成员之间，或是社会交往中间所发生的情感故事。随后，他发出了一声重复的感慨——"岁月呵"。

请注意，此种感慨在海子的诗中是罕见的，在后几年海子的作品中，绝少有类似的语调，但这是早期，且在其时下流行的诗歌修辞中盛行着重叠与"复沓"的抒情句式。"你是穿黑色衣服的人／在野地里发现第一枝植物／脚插进土地／再也拔不出／那些寂寞的花朵／是春天遗失的嘴唇／／岁月呵，岁月"。这一段似乎是写漫长的农业时代，以采集和种植业为生的农耕文明中的情景，最后又加上了一个关于时间的感喟。接下来，就是最有代表性的句子了：

公元前我们太小
公元后我们又太老

"没有谁见过那一次真正美丽的微笑／但我还是举手敲门／带来的象形文字／洒落一地"。

主人公携带着久远的传统来到了今天，这是典型的 1980 年代寻根诗歌的语势与句式，过剩的转喻与少许的调侃，增加了些许"轻逸"的格调与氛围。有些抒情的逻辑似乎并不完全通畅，但基于一种重新审视传统所带来的浮泛的兴奋感，如此表达似又无可厚非。

最后一段："到家了／我缓缓摘下帽子／靠着爱我的人／合上眼睛／一座古老的铜像坐在墙壁中间／青铜浸透了泪水。"这个结尾令人顿生敬意，独属于海子的东西终于彰显出来：这从遥远历史中穿行而来的文化符号，终于落地生根，变成了活的"实体"，他来到了亲人中间，似乎是一个历史的游魂，又似乎附体于海子自己，最后变成了故乡和亲人中的一员。历史与现实，知识与生命，终于汇合于现实中的血肉之躯。至于他说的铜像，你可以想象为这个历史附体的诗人，也可以想象为置身于农业生存中的父亲，我想都是可以的。

请注意，在这一节中，我罕见地对于海子的文本持有了某些保留，甚至表达了不满足感，这在全部六讲中属于唯一。但是在承认他与1980年代中期以前文化寻根主题写作之间的密切关系，承认他难以完全避免流俗的前提下，我们又须清晰地看到，海子之所以能够从一个抒情诗人成长为一个大诗人，没有寻根诗歌的借道和文化主题的引领是不可能的。这些写作即便是作为"联系"，也极大地丰富了他的语义，为他通向"真理诗"的写作提供了最初的天梯。

三、"一只嘴唇摘取另一只"：关于艺术与元诗的对话

海子是当代诗人中最早具有"元诗歌写作"意识的诗人之一，这其中的原因当然也很简单：他是读书最多的诗人，同时也是最求甚解的诗人，是最具领悟能力与创造性发挥的诗人，也是对于诗艺、诗的

本质与类型思考最多的诗人。如果对照这个年代的读书条件，其实尚显简陋，仅以海子所声言热爱的数十位哲人、诗人与艺术家而言，海子读到他们作品的机会其实并不多。比如荷尔德林的诗歌翻译那时还十分稀少，有关他的情况，海子多是从《黑格尔通信百封》①这本小书中所见，但这并不妨碍他对他的深入理解；前文中还曾经谈到海子对于尼采思想的接受，其实从他的文献中找到实证的痕迹也并不容易，只能在他的诗《尼采，你使我想起悲伤的热带》中看到蛛丝马迹；他对于凡·高的喜欢背后，所依凭的材料也不会太多。

但这并未阻碍海子在他年轻而庞大的知识谱系中安放下他们，并使之迅速增殖，成为他的诗学构想中关键而具有网结意义的部分。从海子的《诗学：一份提纲》②等诗学理论与言谈文字中，我们会看到他对于许多诗歌与艺术的元问题，对哲学、宗教、科学和绘画等领域的独到而精妙的理解，同时他在诗歌写作中，也会时常融入类似的对话与阐释。关于屈原、萨福、但丁、歌德、拜伦、雪莱、普希金、韩波等等，他都有令人意外的精彩谈论，他把韩波称为"诗歌的烈士"，将荷马、但丁、莎士比亚称为"王"，将雪莱、叶赛宁这样的诗人称为"王子"，甚至关于梭罗、卡夫卡、托尔斯泰、莫扎特，都在他的文字与诗中有所讨论。

---

① 《黑格尔通信百封》，苗力田编译，上海人民出版社，1981年版。
② 西川编：《海子诗全编》，上海三联书店，1997年版，第889页。

显然，海子并非是在"学术意义"上来谈论诗歌史的，也并非是在严格的逻辑意义上来评价每一个诗人，他所使用的乃是一种"先知"或"启示录"式的方式，所以他的对话者是诸神，或者与其世系相通的那些人，那些能够听得懂他的"元话语"编码的人。这些在前文中已多处谈及，这里不再展开。我们要讨论的是，海子的大量具有对话与互文性意味的写作，这些作品通过与前人的精神交会，在完成单个意义上的文本的同时，也实现了一种广义的关于真理、诗艺与写作的讨论。它们是海子诗歌中特别有意义的部分，所以值得我们来加以梳理和深究。

先看一下这首《给萨福》。萨福是古希腊非常重要的抒情诗人，也是有史以来第一位重要的女诗人。关于她，一方面是材料很少，另一方面是故事很多。她生活于公元前7世纪到公元前6世纪，比孔子还早了一个世纪。在那时希腊的诗歌还比较多地作为公共性话题，承担着史诗、政治讽刺等功能的时候，她将诗歌引入了个人的情感生活，而且是非常具有私密性质的情感生活。海子敏锐地表达了对她的致意，表明他对于这种写作取向的高度认同，要知道这是在1980年代的中国，在公共性与观念性写作占据着统治地位的语境之下，海子无疑表达了他关于感性与私人性在诗歌中的重要意义的态度。

另外，据说萨福还是一位女同性恋者，她令人悲伤的跳崖之死，大约也与同性恋的失恋有关。萨福还创办过女子学校，教授弹琴、诗歌、艺术。总之在西方文化中,她就是率真而热情、感性而另类的同义语了。她的诗传下来的虽不多,有的还属于残篇,但每一首都非常迷人,可以说有一种巨大而神秘的、神奇而弥漫性的感染力和蛊惑力,仿佛有某种巫性气质在里面。这样的诗自然会被海子喜欢,因为在某种意义上他也是这样的诗人,他们都有某种"通灵"的气质与能力,所以在诗歌观念和艺术上便具有一拍即合的味道。

> 美丽如同花园的女诗人们
> 互相热爱 坐在谷仓中
> 用一只嘴唇摘取另一只嘴唇

显然,海子知道萨福是同性恋者,对她的故事充满了欣赏。"用一只嘴唇摘取另一只……"可谓既隐喻了同性恋的行为,也隐喻了诗人之间的"互文"关系,同时也凸显了对于萨福及其诗歌的性感想象,也可以说,海子借此肯定了萨福诗歌中以"性感"和"感性"取胜的特点。某种意义上,这也是中国古代一种极具代表性的诗歌观,严羽所说之"诗有别才,非关理也",所强调的就是诗歌中特有的"不讲理"的东西。"我听见青年中时时传言道:萨福"——海子故意把传言的内容省去,但又强调了她的诗与人的传奇意味,是非常得体的。其实关于萨福的生活方式,所有的争辩和判断都已失去了意义,不要说这些传言的真实性如何,即便她是超乎礼制和世俗的,又有什么可指摘的呢。

"一只失群的 / 钥匙下的绿鹅 / 一样的名字。盖住 / 我的杯子 // 托斯卡尔的美丽的女儿 / 草药和黎明的女儿 / 执杯者的女儿 // 你野花的名字 / 就像蓝色冰块上 / 淡蓝色清水的溢出"。我查阅了萨福现存的诗歌,没有找到明显与这节诗有关的句子。但在萨福的诗中有"蓝色的大海",有类似野花、玫瑰、草药之类的意象。所以我相信"绿鹅"和"杯子"之类,大约属于无意识联想的范畴。但这番看似由无意识所驱驰的句子,却非常传神地喻示出他对于萨福诗歌意境的理解,或者也可以说,是对于萨福诗意的一种形象挪移与阐发。相信只有读萨福的作品才会感受到这一点。

> 萨福萨福
> 红色的云缠在头上
> 嘴唇染红了每一片飞过的鸟儿
> 你散着身体香味的
> 鞋带被风吹断

依然是凸显了她性感的身体形象,并以此来喻示其诗歌意境的纷乱与生气勃勃。某种意义上也可以说,萨福兼有爱神和诗神的双重属性,她的诗歌中充满了率真的表白,直接进入生命与情感世界的简约与迅捷，而且其情感世界的敞开与她诗中的自然意象之间，是如此充满了天然的契合，以及借喻与互为表里的一致性。通常人们对于希腊精神是有一种想象的，马克思曾说希腊人是人类童年发育最完善的儿童。在萨福的诗中，我们会看到这种为希腊所独有的童年式的单纯与透明，而海子的个性精神中也充盈着这种与希腊精神酷似的东西，即神性与儿童性的统一。

> 谷色中的嘤嘤之声
> 萨福萨福
> 亲我一下
>
> 你装饰额角的诗歌何其甘美
> 你凋零的棺木像一盘美丽的
> 棋局

海子显然也通过某种方式，看到了绘画中萨福的形象。所以他说的"谷色"，应是指古旧的萨福画像中的肤色。但在这一凝视中我们依然相信充满了神情的交汇，在诗歌对话的意义上，他们或许已变成了一对穿越时空的恋人。但正如萨福诗歌中常有的悲情意味一样，海子最后也用了悲情的死亡来结尾。这是跨越2500年的一场"棋局"，是生者与死者的对话。但从诗歌的意义上,他们都是可以跨越生死界限的永生者。

接下来的这首《阿尔的太阳——献给我的瘦哥哥》是海子献给凡·高的诗。阿尔位于法国南部的普罗旺斯地区,是一个古老的城市,有许多罗马时代的遗迹。因为靠近地中海,这里气候温暖,适合农业,是法国著名的葡萄酒产地。因为阳光明媚,当年凡·高来到这里灵感大发,曾与另一位画家高更一起在此度过了生命中的最后一段时光,当然也曾在这里与高更发生过龃龉和冲突,他还因此割掉了自己的一只耳朵。阿尔还有一座小型的精神病院,凡·高曾一度在这里治疗。笔者2014年秋来此地时,看到那座医院如今已是一个小型的博物馆,院子里的树依然还是凡·高画中的样子,只是颜色不一样——凡·高画中的树是如燃烧着的烈火,而我们看到的,却是葳蕤的绿荫一片。

请注意,这首诗的副题"给我的瘦哥哥",显然带着不容置疑的"亲情",当然这亲情是诗歌和艺术的意义上的,是极言他们作为"异父异母的同胞兄弟"在艺术上的亲近感。紧接着海子还引用了凡·高的一段话作为题记:"一切我所向着自然创作的,是栗子,从火中取出来的。啊,那些不信仰太阳的人是背弃了神的人。"这是凡·高在穷困潦倒中写给弟弟提奥的信中的话。很显然,海子对他的艺术观深为赞许,所谓"火中取栗",是说艺术创造亦如同玩火赌命,与他所说的"诗歌是一场烈火,而不是修辞练习"①庶几近之,如同雅斯贝斯所说的"一次性生存"与"一次性写作",以及海子自己在阐述"伟大的诗歌"时所说的"一次性诗歌行动",也应是一个意思。这些我们在开篇两讲中都已专门论述,这里不再细论。简单地讲,就是将生命人格实践与艺术创作视为统一与互证的关系。

这意味着,创造者在艺术实践中会付出生命的代价,他因此而不可复制,也会因此受到伤害,或付出痛苦。凡·高是这样,他在1888年到1890年生命最后的两年里,在承受着疾病折磨的同时疯狂地创作,成就了他人生中最辉煌的两年,由此他也改变了人类艺术的历史和走向。然而这并没有让他穷困潦倒的人生有任何改变,他活着的时候,据说只以低廉的价格卖出过一幅画,还是他的弟弟托了人情。对此,海子一定有痛彻心扉的感同身受,这是惺惺相惜,也是心心相印,他自己的作品也一样曾遭受鄙视和误解。但他和凡·高一样,相信自己是通过赌命式的"火中取栗"的艺术创造而确立自己,并改变历史的。

到南方去

到南方去

---

① 海子:《我热爱的诗人——荷尔德林》,见西川编《海子诗全编》,上海三联书店,1997年版,第917页。

> 你的血液里没有情人和春天
> 没有月亮
> 面包甚至都不够
> 朋友更少
> 只有一群苦痛的孩子，吞噬一切
> 瘦哥哥凡·高，凡·高啊

显然，这首比前一首更容易理解些，因为对于凡·高的生平与创作，人们比对萨福要更容易了解。这几句当然是在说凡·高的穷困潦倒和缺少知音，他短短三十七岁的人生中，实在是太贫瘠了，这样的境遇仿佛专门是为了印证在人间的孤单与失败。凡·高连生活都要靠弟弟提奥的不断接济，没有朋友，在与高更等艺术家的交集中，带给他更多的是绝望和伤害。当然，我并不提倡将艺术家的人格道德化，凡·高也并非是道德意义上的圣徒，而只是在灵魂意义上的一个孤独者。他难于理解别人，正如别人难于理解他一样。在那部著名的电影《至爱凡·高》中，我们看到的，是一个罹患了梅毒而自杀的凡·高，他在孤独与苦闷中同妓女来往，由此而患上了梅毒。他的自杀是由于梅毒三期之后已无药可治，无比绝望中他只好以极度自虐的方式来自杀，他没有像通常的自杀者那样将枪弹射向头脑，而是将枪口对准了腹部。

凡·高的命运所给予我们的启示之一，便是现代艺术在某些方向上与黑暗之物的息息相关，这也是海子最后选择了自杀的原因之一。这些我们不再展开，而只是试图去理解海子对于凡·高从灵魂深处的认同与喜欢，一定有着这些难以尽述的原因。不理解这些，就无法理解海子写凡·高的这些诗句。

> 从地下强劲喷出的
> 火山一样不计后果的
> 是丝杉和麦田
> 还是你自己
> 喷出多余的活命的时间
> 其实，你的一只眼睛就可以照亮世界
> 但你还要使用第三只眼，阿尔的太阳
> 把星空烧成粗糙的河流
> 把土地烧得旋转
> 举起黄色的痉挛的手，向日葵
> 邀请一切火中取栗的人
> 不要再画基督的橄榄园

这一段是如此精彩和准确，对凡·高的诠释是如此到位。他的颜色是火山喷发的颜色，那燃烧的麦田又何尝不是海子笔下的麦地，弯曲的星夜，燃烧的土地，所有的植物与生命都向着太阳举起了痉挛的手掌。这一段是在说凡·高，当然更是在说他自己，说他自己的艺术观与诗歌观。

为了便于理解这首诗，我想对照一下海子日记中的一段文字，因为我意识到，它们可能是高度互文的，或许海子自己并没有意识到这一点。因为此文中他并没有提到凡·高，倒是提到了歌德和但丁，但通篇海子要表达的，一是要去南方，二是要投入烈火般的创造与毁灭之中：

> 我打算明年去南方，去遥远的南国之岛，去海南。在那里，在热带的景色里，我想继续完成我那包孕黑暗和光明的太阳。真的以全部的生命之火和青春之火投身于太阳的创造。以全身的血、土与灵魂来创造永恒而又常新的太阳，这就是我现在的日子。
>
> ……我挚烈地活着，亲吻，毁灭和重造，犹如一团大火，我就在大火中心。那只火焰的大鸟："燃烧"……我的燃烧似乎是盲目的，燃烧仿佛中心青春的祭典。燃烧指向一切，拥抱一切，又放弃一切，劫夺一切。生活也越来越像劫夺和战斗，像"烈"。随着生命之火、青春之火越烧越旺，内在的生命越来越旺盛，也越来越盲目。

> 我要把粮食和水、大地和爱情这汇集一切的青春统统投入太阳和火，让它们冲突、战斗、燃烧、混沌、盲目、残忍甚至黑暗。……黑暗总是永恒，总是充斥我骚乱的内心。它比日子本身更加美丽，是日子的诗歌。创造太阳的人不得不永与黑暗为兄弟，为自己。①

这一段话中，海子似乎有一个潜意识中的我，他某种意义上也可以说就是凡·高的再世，或者他是以凡·高为蓝本来定义自己的使命的。凡·高的烈火此时已投射到了他的身上，或者反之亦然，他变成了另一个凡·高。

"要画就画橄榄收获 / 画强暴的一团火 / 代替天上的老爷子 / 洗净生命 / 红头发的哥哥，喝完苦艾酒 / 你就开始点这把火吧 / 烧吧"。结尾依然是燃烧，但他清晰地告知我们，诗人的抱负不是"照葫芦画瓢"一样地去画"上帝的橄榄园"，去表现"美与和谐"的古典主义命题，而是划时代的创造，是燃烧——与毁灭同在的创造。这首写于1984年4月的诗，可以说是海子诗歌观形成时期的作品，他从凡·高这里获得的启示是十分关键的，诗中的形象精准地诠释了凡·高，也通过互文关系而确立了他自己的诗歌形象。

---

① 海子：《日记·1987年11月14日》，见西川编《海子诗全编》，上海三联书店，1997年版，第882—883页。

海子写给重要的诗人或作家的作品还有很多：《给安徒生》《给托尔斯泰》《给卡夫卡》《梭罗这人有脑子》《莫扎特在〈安魂曲〉中说》《水抱屈原》《耶稣》《但丁来到此时此地》《不幸——给荷尔德林》《尼采，你使我想起悲伤的热带》《献给韩波：诗歌的烈士》《马雅可夫斯基自传》《诗人叶塞宁》《盲目——给维特根施坦》等十数首作品，加上没有在题目中体现、实际也是写给这类人的作品还有更多，这些作品都可以在上述理解关系中来给予审视。

值得细读的作品很多，海子所推崇的诗人也很多，但真正在灵魂上与他属于同一种类的又是有限的。所以最后我想用他献给韩波的这首来作结。尽管海子与韩波的人生际遇是如此不同，但透过此诗我们又会看到他们那不羁的灵魂是多么亲近，天才、叛逆、创造、毁灭，生命中与生俱来的历险精神与自虐气质，对远方的迷恋，作为"通灵者"的感性与语言，他们在作为"语言的水兽""醉舟"之上的漂泊者、"反对老家的中产阶级"、醉心远方的"病人"……这些方面，可谓是心心相印，息息相通。而关键是，海子在内心中认同着韩波的一生，并将这看作是自己的命运。

村中的韩波
毒药之父
（1864—1891）

埋于此：太阳

海子的诗

此诗应写于 1987 年。在这个结尾中，难道没有谶语暗含么？海子对于诗歌以及诗人内心中的黑暗一清二楚，亦如茨威格所言之"内心的**魔鬼**"，海子认同这韩波式的天才，也认同他充满黑暗与毁灭倾向的人格，所以在无意识中他早已将这镜中之人看成了他自己。韩波是生于 1864 年，比海子整整早一百年，故他将他看成了自己的前世；而韩波死于 1891 年，只活了 27 岁，海子随后比韩波的生命还短了两年。我相信此刻海子已有了某种先入之见，他意识到他们的名字将会最终重合。所以，他预言他们都是属于太阳之子，毒药之父，诗歌和肉身都葬于世界之本、存在的核心。

那应是大荒之中，群山之巅，太阳升起的地方。

附录一：

黑暗的内部传来了裂帛之声
——由纪念海子和骆一禾想起的

决意要写这篇迟到的文章时，首先想起的仍是海德格尔的话。他在《诗人何为》中这样说道，"先行者是不可超越的。同样地，他也是不会消逝的；因为他的诗作始终保持着一个曾在的东西，到达的本质因素把自身聚集起来，返回到命运之中……"他是这样准确地谈到了一个与诗有关的东西：命运。无独有偶，一位中国诗人也用他的诗句乃至生命诠释了近似的意思，他说："我听见这回声在世界的血里奔涌／我梦见一个蔚蓝的球体／正像从星际看到地球／我梦见我离它很近，伸手可及……"这是 20 年前，年轻的骆一禾在他的长诗《世界的血》中写下的句子，不久以后，他那年轻而汹涌的血就残酷地外化，并且永恒地凝固为了一个被命运兑现的预言。很显然，在一些最值得纪念的诗人那里，命运与诗歌、人格与文本之间是这样天然地有着奇妙而残忍的关系。

我从多年前想起的几句诗中找到了这个题目。此刻我发现，有些东西真的是冥冥中遥远的呼应，也许是许久以来对于海子和骆一禾阅读的一种"余响"，所谓绕梁三日罢。这也是多年来梦中常常出现的声音，或者是幻感中期望出现的声音。我想这是灵魂深处一种不太妙的倾向——对于深渊的一种固执而胆怯的接近冲动。若是出现得久了，肯定不是什么好的征兆。所以，多年来我试图接近，但又一直逃避着某些最灼人的光芒。

我自然没有资格去写怀念两位诗人的文章，因为既无缘同窗，也不是故友，只是从一个读者的角度发些感慨，而已。

海子一生留下了两百四十余首抒情短诗和四部长诗（其中《太阳·七部书》为巨型长诗）作品，共约一万六千行诗歌；骆一禾一生留下了两万多行诗歌，有两首巨型的长诗，这个数字超过了海子，也见证了他们共同的诗歌理想，共同经历的彗星式的青春，以及精神的交往。但人民记住了海子，却渐渐忘记了骆一禾。这是命运，也是诗歌的一部分。一个诗人是有命运的，甚至和杰出的诗人的相处，感受他的气场，或者"唯物"地说是生活于他"人格的阴影"中，也会渐渐有自己不同于凡人的命运。读到这些句子，你没有办法不去对证，去服膺命运的力量，以及诗歌中近乎先知的谶语般的力量——

227

>故我以一生作为离去
>
>完成我的性格，并求得青春常在
>
>我听到辽阔天空施加于目的声言
>
>"这是什么样的血液？谁的血？"

谁能够说这不是一种预言，或寓言？一双昔日的诗歌盟友，在不到两个月的时间里相继而去，且都是经由了血的形象，一个是流向于外，一个则是流向于内。都是大片大片的血，汹涌不止的血。"天才背着语言和血红的落日，走向家乡的墓地"，海子一直在他的诗歌中做着这样的自我暗示，而骆一禾的诗中也似乎到处可见这样的提示和追问。

然而我的问题是，为什么骆一禾与海子死后会有着截然不同的命运？我试图从他的诗歌中得到答案，这当然非常困难，因为代表这两个诗人的精神核心的都是他们的长诗。海子的长诗其实直到现在也很难说有多少人真正进入，或试图进入，人们喜爱诗歌特别是长诗一类的伟大诗歌，其实很像是叶公好龙，只是"喜爱"而已，将之作为一种知识，甚至资讯，好比歌德写了《少年维特的烦恼》之后，崇拜他的人穿起了维特式的衣服，装出了维特式的忧郁，有的甚至还学习维特自杀的方式，但究竟歌德的书里写了什么，对他们来说并不重要。海子的长诗中究竟达到了怎样的地步，他所建构的通向"伟大诗歌"

的人类之塔究竟建到了第几层？这些问题至今无人能够准确回答。

一位师长曾十分虔敬地在报纸上写文，吁请"谁来教我读海子"，我一方面非常尊敬他的谦虚，另一方面又非常希望前去和他讨论一个问题，即"不可解读性"，因为按照某种逻辑去求解海子的话一定是行不通的。如果不设定一个限制条件，一个关于语言与存在、语言与文化、语言的表达与不可表达、表达与语言的超越性等等之间的并不对称的关系，很难进入他那复杂又晦暗的语言世界。就如老子所说的"道可道，非常道，名可名，非常名"一样。海子是试图通过对语言施以改造，而达到返回原始与太初的"元诗"境界。而这样的努力某种意义上不能不说是巴别塔式的工程，知其不可为而为之的工程。因此，必须以不可解读性为解读的前提。

但是我们都认为海子是伟大的诗人，他的诗歌我们完全可以无缘由地喜爱着。而且令人惊奇的是，二十年过去之后，在我的阅读体验中，海子的诗歌在岁月风霜的磨洗之下一点也没有显得陈旧过时，相反，此时此刻的重温让我坚信他语言的生长性，他的诗歌空间巨大的自我弥合与扩张。这是非常奇异的经验，十多年前读海子的时候，总感到有大量类似泥石流状的不可化解的成分，一些荒僻生硬的词语、过度奇崛突兀的修辞使人望而生畏。而如今再度进入，这种感觉早已消失殆尽，所见竟然尽是钻石般的光彩洁净和澄明剔透。这表明，伟大作品确具有恒久的生长性，即便是在诗人已离世多年以后，他的语言也仍有新鲜和旺盛的生命，不断延伸的理解可能——这让人相信，诗人的生命在他的诗歌中获得了延伸，甚至永生。这不是故弄玄虚，海子的诗歌世界与诗学思想的确在这个二十年中显现出了艺术和精神的先知性质，它前出于时间和历史，高远，超拔，富有预见性的高度与力量。他所致力要超越的当代汉语的表象和单薄，确实部分地获得了实现。尽管这些实现也许是从另外的一些"破坏"开始的，而且这超越也并非单纯地还原古典意义上的纯净和唯美，而是创造、创始，是现代意义上的丰富和原始，是混合着创世语言与个人密码、经典符号与不可解读的黑暗语义，而后又被牺牲与献祭的伟大生命之光照亮的一种语言。这很难一下子说清，但我相信，真正具有诗歌感知力与生命领悟力的读者，都会体悟到这一点。

很显然，海子创造了一种汉语的奇迹。对于一个没有"宗教语言"的民族来说，要构建语言的神学维度，没有巨大的决心和能力，没有牺牲，确乎是很难的事情。两千多年的中国诗歌传统中，中国诗人所使用的基本上是一套世俗化的语言系统，虽有祭祀、游仙、禅理、悼亡一类的诗篇，但那些作品中最核心的仍然是"人"，是人的生命焦虑，是人与永恒之间的相遇——或是一种"中国式的存在处境"，即便是《春江花月夜》那样的作品，也不纯然是对终极或彼岸世界的想象，不是对于世界的起点或终结的描述——像《神曲》《失乐园》《浮士德》那样。而海子，却是要创造一种真正属于"本质世界"的语言，一种史前的、创世纪的语言，一种上帝式的语言，一种重新给世界编码的语言，一种混沌的重新整合世界和语言的语言。

所以黑暗成了他语言的基本属性，他在自己构造的广大的黑暗世界中彗星般划过，发出"裂帛般的声音"，还有炫目的光芒。

讨论海子的诗歌几乎涉及从古典到现代诗歌的一切元命题，所以这也是一个巨大的深渊和陷阱，我只能量力而行。很可能，这种认识和估价的充分和完整还需要许多年，就像荷尔德林死后几十年，才陆续有哲人和智者认识到他的价值一样，海子意义的完全彰显也需要汉语诗歌生长过程中的某些契机，在很多年后肯定还要有真正的爆发。但至少现在可以预期和肯定，对于汉语自由体诗歌语言的整体的和逻辑意义上的怀疑，可以告结了。现代汉语完全可以创造出与盛唐气象、与宋词之美，以及以《红楼梦》为标志的明清小说的传奇相媲美的瑰丽而圣洁的表达，创造出完美而无可挑剔的辉煌篇章。理解这些思想和语言需要时间，需要沉淀，也需要智慧的后来者的重新发现和照亮。

上述这些说法当然不是"神化"或"圣化"海子，某些对海子文本的质疑也并非是全无道理。一个诗人当然不是神，不可能没有缺陷，但对于海子来说，"一次性的诗歌行动"是理解他的关键。在《诗学：一份提纲》中，海子表达了他类似于雅斯贝斯的一个观念，那就是要下决心做一个让诗歌写作与生命实践成为"一次性完成"的统一而互现的诗人。对此雅斯贝斯的说法是"一次性的写作",他的例子是米开朗琪罗、荷尔德林和凡·高,是历史上一切"毁灭自己于深渊之中、毁灭自己于作品之中的诗人"。在雅斯贝斯看来,除歌德是成功地"躲过了深渊而成为伟大诗人"的一个,很少再有例外,所有伟大的诗人都为他的写作付出了与文本匹配的生命人格实践——要么是自杀,要么是精神分裂。这些分析或许有绝对处,但我们应该同意这样一种基本的判断,那就是:杰出的诗人都是在其诗歌写作中融入了非凡的生命人格实践的诗人,这种付出可以是彗星燃烧式的——像屈原沉江、海子卧轨,也可以是春蚕吐丝、蜡炬成灰式的——像杜甫悲苦沉吟、荷尔德林一生作不知疲倦的精神巡游,每一个不朽诗人的生命中,都包含了一段与诗歌文本同在的、不可复制的传奇。

这应该是"属于上帝的诗学"了——上帝从他那儿拿走多少,就在诗歌里还给他多少,上帝是公平的。从这个意义上,海子的诗歌理想是值得尊敬的,也许他是"最后一个"(种种迹象表明又不是)为了这诗歌理想牺牲的诗人。但至少他证明我们的时代仍保有了真正的理想主义者。多年后的阅读使我坚信,海子的文本和他的人生实践之间是互相匹配的,这一"不可模仿"的条件使他保持了上升、还原和凸显的方向,他那荒古而灵幻的诗句,因此而呈现出越来越透明和澄澈的境地与力量:"大风从东吹到西,从北刮到南……你所说的曙光究竟是什么意思","风的前面是风,天空上面是天空,道路的前面还是道路","目击众神死亡的原野上野花一片，远在远方的风比远方更远","当她们像大雪飞过墓地，大雪中却没有路通向我的房门，——身体没有门——只有手指，竖在墓地，如十根冻伤的蜡烛……"我不必再引用很多，没有哪一个活着的诗人的语言能够达到这样的境地：它荒凉中的灵幻，它晦暗中的澄明，它陌生中的亲和，他让人惊叹和只能望其项背的一骑绝尘……当然这里也用不着引用他那些原始和混沌的、充满岩浆与烈火、洪荒与宇宙初始情景的长诗作品，那其中浩大的诗歌构架，存在的幻象与纷乱的符号，还有他那些悲伤华美的抒情短诗——这生命喷发中生出的晶莹钻石一起，表明诗歌的形而上学的界限，最高最远的诗歌的界限。它超越，但也引领着最广大意义上的诗歌王国与世俗世界的语言。

杰出的诗歌总是为读者准备好了多个通道或者界面，从这个意义上说，海子的诗歌也完全可以属于俗世。有人对海子诗歌的"世俗化承认"表示了忧虑甚至愤怒，连"面朝大海，春暖花开"这样的诗句如今都成了房产开发商使用的广告语。但在我看来这也没有什么，它表明最低俗的读者也可以从海子的诗歌世界中获得光明的碎片，以及语言的恩惠，这不正是诗人那慷慨与悲悯灵魂中应有的意愿吗？世俗的解读或利用无损于海子诗歌的纯洁性，那原本是不朽诗歌的无形体积的一部分。就像俗人用屈原和李白、但丁和莎士比亚自我鼓舞一样，海子诗歌的被广泛接受，是一件有百利而无一害的事情。2009年春天，当我在"宇龙诗歌奖"颁奖会上听到一位盲歌手演唱海子的《九月》等诗篇的时候，我忽然明白了许多，好的诗歌随时充满了转化的奇迹与可能，盲歌手那旷远悲凉的歌吟，与诗人的意境是如此息息相通。让我相信，在这个世界上确有真正的热爱和理解，有真正的追慕与和声，以及精神交融的眼泪，以及会心的掌声。

对海子的言说总是言不及义的。承认也好不承认也好，海子已经成为一个时代诗歌的标记，也成为汉语新诗百年历程中的一个符号。而二十年的纪念恰好是一个关节，一个具有历史感的契机——同龄中活着的人已经进入了中年，而海子则永远定格在了生命的青春。他在二十五岁便已完成了他在这个世界的使命和履历，完结了足以留给我们终生捧读的创造，并且毅然果决地准备好了一切使之完成的仪式。想及这一切，不能不有一番同龄人的深长叹息和百感交集。

岁末时又有幸参加了一场诗人骆一禾的追思会。其间我更强烈地感受到诗歌和诗人那种有史以来不曾消湮的命运感，感慨人们记住了海子，却忘记了骆一禾这样一个事实。假使没有一两个生前好友的热心操持，几乎没人会想起，啊，诗人作古已经整整二十个春秋了。二十年来，海子的光芒彻底释放出来，他的诗歌和话语都被照亮，而骆一禾却注定要隐入黑夜之中，他的作品尽管同样充满了大诗的恢宏与深阔，充满了思想和结构上的宏伟观念，但在今天读来仍具有晦暗与混沌的性质。整体构架的清晰，仍不能驱除文本和词语中的迷雾，或者反之，局部形意的鲜明，亦不能支撑整体的通透和确定。犹如一个材料堆积如山的工地，形而上学的诗歌起始和尘埃落定的语言现实，确乎还未最后贯通。

我无法判断这一阅读的感受是来自于文本的局限，还是来自我这读者的愚笨，相信会有真正的智者去领悟他的话语世界，但不管怎么说，作为海子诗歌的伙伴，在一颗燃烧着的巨大星体的侧畔，骆一禾注定是寂寞和黯淡的。

2009年12月26日，北京清河居

附录二：

谈海子的抒情诗

一

在海子稍早的诗歌中，其思想和情感呈现了较明亮的色调，内容偏于抒情与述怀，少量诗歌如《亚洲铜》《东方山脉》《农耕民族》等还可看出与"第三代诗"文化与寻根主题之间的联系。从内容风格看，忧郁但充满柔情，有"夜歌"与"谣曲"的性质，以《单翅鸟》《自画像》《妻子和鱼》《思念前生》等为例，大都属1984年前后的作品。《单翅鸟》中，海子这样自况：

单翅鸟为什么要飞呢？
我为什么

喝下自己的影子

揪着头发作为翅膀

离开……

　　这种自我想象明显带有自我确认和反诘的性质，"单翅"是一种限度，而"飞翔"却是愿望，冲突即缘此而来，命运由此生成。《自画像》也是如此，它确认的是自己这个来自土地和乡村的生命，其身份与宿命感。犹如凡·高笔下的自画像一样，黑瘦、粗糙，又有坚韧和顽固的属性："镜子是摆在桌上的 / 一只碗 / 我的脸 / 是碗中的土豆 / 嘿，从地里长出了 / 这些温暖的骨头。"确乎有似于荷兰画派阴郁而又写实的笔调。

　　海子早期的诗歌中也有世俗的温情。《妻子和鱼》以隐喻的笔法书写了恋爱的甜蜜、怅然以及隐秘体验，其中"水"与"鱼"的意象甚至还具有某种情色意味："我怀抱妻子 / 就像水儿抱鱼 / 我一边伸出手去 / 试着摸到小雨水，并且嘴唇开花……"接下来反复书写的仍然是肢体的亲昵游戏，以及肉体的幸福想象。《思念前生》是一个奇怪的梦境，梦见自己赤身裸体的成长记忆，梦想重新返回母亲身体之中，还原为幸福的婴儿："庄子想混入 / 凝望月亮的野兽 / 骨头一寸一寸 / 在肚脐上下 / 像树枝一样长着……// 仿佛我是光着身子 / 光着身子 / 进出 // 母亲如门，对我轻轻开着。"假如从弗洛伊德的观点看，或许这首诗中还有着某种"恋母情结"也未可知。

稍后海子在 1985 年到 1986 年前后的作品，仍广及故乡、土地、爱情、玄想、生命等主题领域，但这时期他关于乡村与麦地的咏唱是影响最为广泛的部分。《麦地》是其中最广为人知的一首："吃麦子长大的 / 在月亮下端着大碗 / 碗内的月亮 / 和麦子 / 一直没有声响 //……月亮下 / 连夜种麦的父亲 / 身上像流动金子……"

> 月亮下
> 有十二只鸟
> 飞过麦田
> 有的衔起一颗麦粒
> 有的则迎风起舞，矢口否认

宛若凡·高笔下金黄的五月，丰收的麦田一样，海子描写的麦地，是神话般古老而原始的、年轻而永恒的情景，充满莫名的喜悦与悲伤。或者也可以这样说，海子的麦地是超越了历史和现实的、哲学化和神话化了的土地，他因此而超越了一切"乡土"的传统与现代内涵，抵达了"大地"和"土地"的原始本义，也使土地上的生命成为一切生命的永恒存在形式。

约写于 1986 年的《天鹅》是海子最美的诗篇之一，这是一首爱的夜曲，用了炙热和绝望的爱意，去想象一个女孩的美好，并射出了丘比特的神箭，希望她能够"受伤"，能够得到她的回应。但真正的爱既是自私和具体的，又是超越的，海子将她比作与一群天鹅结伴飞行的一个，自己只是在泥土上远远地在欣赏和赞美她：

　　……当她们像大雪飞过墓地
　　大雪中却没有路通向我的房门
　　——身体没有门——只有手指
　　竖在墓地，如同十根冻伤的蜡烛

　　墓地与泥土，这是海子对自己的想象；天鹅和飞翔，这是他所爱的人的形象。即使化为泥土中的死者，也要在墓地中赞美她的美丽，并为她燃起祈祷的光亮与温暖。两个意象之间的强烈对比，更可以照见其爱的深挚、投入与无私。

　　在西行青海与西藏的路上和之后，海子写过许多献给草原的诗篇。草原是海子另外的故乡，这是他博大的诗歌世界与自我想象的另一例证。他用神奇的语言，将读者带到洪荒的世界，带到哲学化了的、"存在"意义上、而不只是"地域"意义上的草原："目击众神死亡的草原上野花一片／远在远方的风比远方更远／我的琴声呜咽，泪水全无／我把这远方的远归还草原／一个叫马头，一个叫马尾／我的琴声呜咽，泪水全无"——

> 远方只有在死亡中凝聚野花一片
> 明月如镜高悬草原映照千年岁月
> 我的琴声呜咽,泪水全无
> 只身打马过草原

由此可以感受到海子的抒情对象,不是世俗的景物,也不是具体的经历,而是大地和生命本身。同时,我们也可以看到,海子对原始世界具有超凡的召唤力,以及"返回"的思维与想象力,他的非凡的语言才能,及其穿越历史与个体经验的还原能力。第三代诗歌中的"非非主义"诗人曾倡导"语言的还原",却似乎并不成功,而海子的诗歌却因为他的上述能力,而获得了超乎寻常的神性意味。如《秋》中他所描绘的景象:"秋天深了,神的家中鹰在集合/神的故乡鹰在言语/秋天深了,王在写诗/在这个世界上秋天到了/该得到的尚未得到/该丧失的早已丧失。"诗中"鹰""神""王"的形象都无法"达诂",很难用具象和经验性的判断来加以解释,但读之我们却可以感受到大自然永恒的悲剧法则:那就是存在与消亡的循环,这其中确有世俗与个体生命的悲与喜,但又超越了世俗与个体的经验范畴。因此,它与陈子昂式的"前不见古人,后不见来者"的悲怆与喟叹相比,更有了哲学和神性的超然,使诗意在这里褪去了个体生命的感伤,而成为一种纯粹的"原始世界的图景"或"存在的赞美辞"。

写于1987年的《祖国（或以梦为马）》是海子最重要的抒情诗之一，这首诗明确地传达出海子的伟大诗歌抱负。诗歌中的情境，可以设想为是海子在梦中巡游祖国大地，或者是以梦的方式，对一切友人和读者来完成一次"明志"。诗中开宗明义说："我要做远方的忠诚的儿子／和物质的短暂情人／和所有以梦为马的诗人一样／我不得不和烈士和小丑走在同一道路上。"海子所热爱的只有诗歌和它所承载的真理，他决心要一个人走到底。"万人都要将火熄灭，我一人独自将此火高高举起／此火为大，开花落英于神圣的祖国／和所有以梦为马的诗人一样／我藉此火得度一生的茫茫黑夜……"在宣示了他对于诗歌的理解、对语言和艺术的理解，以及他决心以生命来实践这些理解的决绝之后，他明示了自己的志向，以及对自己诗歌的不朽品质的自信：

  我的事业　就是要成为太阳的一生
  他从古至今——"日"——他无比辉煌无比光明
  和所有以梦为马的诗人一样
  最后我被黄昏的众神抬入不朽的太阳

  太阳是我的名字
  太阳是我的一生
  太阳的山顶埋葬　诗歌的尸体——千年王国和我

骑着五千年凤凰和名字叫"马"的龙——我必将失败但诗歌本身以太阳必将胜利

这首诗是我们理解海子的精神世界以及诗歌观念一个不可绕开的例证。他的《太阳·七部书》,他关于"伟大的诗歌"的理解,对自己诗歌品质的坚信,在其中都可窥见一斑。这也符合哲学家雅思贝斯所说的,伟大诗人都有毁灭自己于深渊之中、于作品之中的气质,但这也反过来使他的作品成为不可模仿的"一次性的创作"。

1988年之后,可以视为海子诗歌写作的晚期。更为低落和忧郁的情绪,对世界的更加绝望的看法,使他这个时期的作品中充满着死亡的寓意与气息。当然,在语言方面也表现得更加精炼、深邃和纯熟。死亡主题当然不只限于后期海子的诗歌,但这个时期确乎显得更为强烈。写于1989年3月14日,也就是在海子自杀前十二天的一首《春天,十个海子》,可以作为我们窥见他死亡冲动的一扇窗户,在冰消雪融、大地回春、温暖即将到来的季节,他却固执地沉溺于阴郁的精神状态:"春天,十个海子全部复活/在光明的景色中/嘲笑这一个野蛮而悲伤的海子/你这么长久地沉睡究竟是为了什么?//……这是一个黑夜的孩子,沉浸于冬天,倾心死亡/不能自拔,热爱着空虚而寒冷的乡村。"即便想及远在家乡的亲人,想到他们的亲情与爱,想到他们艰辛然而坚韧的生存,也无法医治他阴郁的情绪,无法将他从《红楼梦》中"好了歌"式的大荒凉中拯救出来：

>……大风从东刮到西，从北刮到南，无视黑夜和黎明
>你所说的曙光究竟是什么意思

1988年之后的几首爱情诗，或者与爱情有关的作品，成为他最后的绝唱。《山楂树》一首中，似乎充满了失恋的悲伤。思念使人出现了幻觉，黄昏时分，海子仿佛看到他所爱的女孩骑车来到他远在燕山脚下的寓所，但在等待的煎熬中，这幻觉最终化为泡影。但即便如此，他也将焦虑和彷徨中的爱的咏唱幻化到极致："……我走过黄昏／看见吹向远处的平原／我将在暮色中抱住一棵孤独的树干"——

>山楂树！一闪而过　啊！山楂
>我要在你火红的乳房下坐到天亮
>又小又美丽的山楂的乳房
>……在农妇的手上
>在夜晚就要熄灭

一棵山楂树能够写得如此动人和美丽，确实只有海子这样的天才和心灵能够为之。"又小又美丽的山楂的乳房"，可谓世间至纯至美的想象了。

另一首《四姐妹》写于海子死前一个月,从内容看,可以视为与海子的自杀有隐秘关系的一首"绝命之诗"。诗中所写景象不难看出是"死后的情景":"……空气中的一颗麦子／高举到我的头顶／在身在这荒芜的山岗／怀念我空空的房间,落满灰尘。"沉睡于荒凉的坟墓之中,上面飘荡着的一颗"空气中的麦子",分明是他灵魂的标记,他似乎怀念着生前的一切,但所住过的房子此时已经灰尘满布,空空荡荡。即便如此,他也还满足于自己所曾经拥有过的爱情:"我爱过的这糊涂的四姐妹啊／像爱着我亲手写下的四行诗／我的美丽的结伴而行的四姐妹／比命运女神还要多出一个／赶着美丽苍白的奶牛,走向月亮形的山峰……"这番美丽的景象也不能挽救他那一颗已如死灰的心,他决计以死来终结所有人世的悲欢离合与爱恨情仇,并且设想死后四姐妹会闻讯赶来:

> 四姐妹抱着这一颗
> 一颗空气中的麦子
> 抱着昨天的大雪,今天的雨水
> 明日的粮食与灰烬
> 这是绝望的麦子
> 请告诉四姐妹:这是绝望的麦子
> 永远是这样
> 风的后面是风

> 天空上面是天空
> 道路的前面还是道路

最终依然是类似《红楼梦》式的结尾，永恒的循环，照彻宇宙的大悲痛与大荒凉。这是海子之所以选择一死的哲学思考，同时关于四姐妹的想象，使这首诗中也增添了一缕撼人的悲伤与最后的温情。某种程度上，这一细节性的想象，有可能是海子自杀悲剧的至关重要的一个隐秘缘由。

二

穿越时间的烟尘与积淀，海子所留下的两百余首抒情诗中，有越来越多的篇什出现在普通人的阅读视野里，被广为传诵并且感动了越来越多的人。这表明，海子诗歌的语言确乎具有某种"穿越"能力，在"返回原始"的同时，也具有了"通向未来"的属性。在高度经典化之后，他的语义也变得越来越明晰和精确，这是令人钦敬和吃惊的。举例说，他的抒情诗中有越来越多的作品经得起"达诂"式的细读，如《天鹅》《九月》《海子小夜曲》《四姐妹》等，这些作品在依然保有了神秘性的同时，也完全被普通人所理解和喜欢。

想象的瑰丽与灵性，与神性思维是紧密相连的。如前所述，海子在乡村的世界所积累的经验，经过他壮丽的诗意想象，变得神秘而浪漫，充满了古老的魅性。现代哲学的研修在他这里并未带来神性的丧失，相反却召唤回了大地独有和固有的神性。正如海德格尔在《艺术作品的本源与物性》中所论述的，是一座希腊神殿的出现确立了世界，由此"使世界世界化了"，"使大地成为了大地"。从这个意义上说，海子也是以他的诗歌重建了东方大地的神性，重新召唤和确立了这块古老土地与伟大文明的想象根基。

所谓"神启"，实质是一种超越经验方式与思维过程的直觉状态，是一种"闪电"式的顿悟方式。以《海子小夜曲》为例，在这首类似凡·高"自画像"式的作品中，我们可以看出一个只与大地对话的海子，一个不可能为常态的世俗经验所理解的感知主体与方式：

  如今只剩下我一个
  只有我一个双膝如木

  只有我一个支起了耳朵
  只有我一个听得见平原上的水
  诗歌中的水

"在这个下雨的夜晚 / 如今只剩下我一个 / 为你写着诗歌。"这个海子变成了大地的耳朵,而将所有的人都变成了聋子。

海子诗歌中万物似乎都有神灵之性,这与斯宾诺莎的"泛神论"或许有些近似。但与中国早期新诗人笔下的泛神论思想不同,神灵在海子这里并不是象喻,而是本体,是神祇世界的活的部分,他自己则是与它们共存共生、互相交流对话的存在者之一。这使得他笔下的每一事物都放射出不同凡响的灵性之光。比如《天鹅》:"夜里,我听见远处天鹅飞越桥梁的声音 / 我身体里的河水 / 呼应着她们 // 当她们飞越生日的泥土、黄昏的泥土 / 有一只天鹅受伤 / 其实只有美丽吹动的风才知道 / 她已受伤。她仍在飞行。"

> 而我身体里的河水却很沉重
> 就像房屋上挂着的门扇一样沉重
> 当她飞过一座远方的桥梁
> 我不能用优美的飞行来呼应她们
> ……

语词的神性色彩也是海子诗歌的一个鲜明特点,依照象征形式哲学家卡西尔的观点,语词在神性的语境中会闪现出一种超乎其原有意义的"魔力",因为神灵会对语词本身具有某种"收集"作用,并使言说者得以汲取"神的存在和意志的力量"①，神灵因此变成了使语词变幻出魔力的"魔法师"。海子的诗正是由于他楔入了神话的语境，他的诗成了神灵出入的场所，而神灵在他的诗中又以独有的编码形成种种特定的魔法般的吸力，使这些语词成为不断变换着绽开的"花朵"，"被置回到它的存在的源头的保持之中"，而这时，作为言说者的人"嘴不只是有机体的身体的一种器官，而成为大地涌动生长的一部分"②。因此，我们从海子的诗中不但读到了出现频率最高的那些词语："王""祭司""魔法""太阳""女神""大地""血""死亡"，以及如被风暴卷起的自然之物，而且还在由它们所形成的反世俗经验的语境中构建出了一个全新的世界。

值得留意的还有海子诗歌中丰富的"民间世界"和"农业自然"的意象。作为当代诗人中最早提出"民间主题"的一个，海子很早就意识到，诗歌必须植根于"最深的根基"，"一层肥沃的黑灰，我向田野深入走去……有些句子肯定早就存在于我们之间，有些则刚刚痛苦地诞生"。③由于这样的信念，海子一直拒斥着"现代文明"中的经

---

① [德]卡西尔:《语言与神话》，第72—75页，三联书店，1988年版。
② [德]海德格尔:《通向语言之路》，见郜元宝译《人，诗意地安居》第58—59页，上海远东出版社，1995年版。
③ 海子:《民间主题(〈传说〉原序)》，此文作于1984年，见西川编《海子诗全编》第873页，上海三联书店，1997年版。

验方式与语言方式，而保守着农业家园中一切古老的事物，因此，诸如"麦地"和"麦子""河流""村庄"等事物与象喻便密度极高地出现在他的作品中，尤其是"麦地"和"麦子"。以至于有的评论者认为在他的作品中存在着一个"麦地乌托邦"，这是他"经验的起点"，"物质的""生存"的象征。但更广义地看，"麦地"其实是更为形象的大地的隐喻，它是借助于创造劳动的生存与生存者的统一，是事物与它价值的统一，麦地不但揭示了生存与存在的本质，也揭示了人的创造和依存的二重属性。由于这种极为生动的属性，致使海子之后的许多诗人笔下，麦子成为无处不在的植物，成为大地上的存在及存在者的经典象征物。

海子是精神现象学意义上的诗人，和历史上一切最重要的诗人一样，他的诗歌与他悲剧性的生命人格实践构成了交相辉映的关系，包括他的自杀，也成为他诗歌创造的一部分，成为他"一次性诗歌行动""一次性生存"与"一次性创作"的必要的部分。他诗歌中的黑暗意象、死亡主题、阴郁情绪，同他瑰丽而宏伟的诗歌抱负之间，也构成了复杂的纠结关系，这些都值得我们反复思考和深入探讨。

附录三：

海子的读法[1]

谈海子是无边无际的巨大话题，不只是在谈他本人，而是在谈整个时代甚至很长跨度的时代；不只是谈一个诗人，谈若干个文本，它意味着在谈诗歌本身的所有问题；它还不只是谈论诗歌和诗人，而是谈论精神现象学的命题。所以，话题是有难度的。我重点从几个方面，比如如何读海子，如何理解海子，谈一点点体会。

"农业时代的最后一位诗人，新时代的最初一位诗人"

海子是能够构成精神现象学意义的诗人，他不只是一个贡献了

---

[1] 此文根据 2018 年冬在《海子诗歌精选》一书推介会上的演讲修订。

重要文本的诗人，我还认为他是越来越具有"文明意义"的诗人。我个人的阅读史也是这样，随着理解力和阅历的加深，我越来越感觉到他的重要。明年就是他逝世三十周年了，我觉得三十年前离开这个世界的诗人并没有走远，他的诗、他的语言仍然在生长。十年、二十年前你读不懂的，现在你读懂了；二十年前觉得拗口的，现在不觉得拗口了；二十年前觉得只是可以接受，现在觉得那些诗句开始"扑向你"或者你扑向他了，他开始在你身上延伸；他的语言是那样具有穿透力，像闪电一样从那个时代一下就扑过来，扑到你身上，发出声音，成为和你的生命经验完全融合在一起的声音，仿佛你自己发出的声音。这是了不起的，不是每个诗人的写作都能够达到这种高度。

此刻我想引用恩格斯评论但丁的一句话，"但丁是中世纪的最后一位诗人，也是新时代的最初一位诗人"，他是从文明转换的意义上谈但丁的。我觉得我们可以拿来谈论海子，刚才燎原先生讲到，海子的诗为什么有这么巨大的宗教情结，有如此广博的知识架构，从地理意义上它也是无边无际的时空，古埃及、两河流域的巴比伦、古印度文明、黄河长江流域的华夏文明，希伯来文明，几乎全部收入其中。他为什么有如此大的包容量和吞吐能力，就是因为他具有1980年代中国思想界、文化界所能够具有的最高的高度——既是在时代的意义上，也是在文明的意义上。

1980年代成长起来的一代青年人,在他们的童年经历了最后的完整的农业经验。我们的国家虽然从1920年代完成了终结传统社会的革命,明年是"五四"运动的一百周年,新文化运动的一百周年。我们虽然经过百年努力完成了政治上的很多变革,但是我们在文明的意义上,却仍然在经历一个从农业文明向现代文明转换的巨大的历史变动当中,李鸿章所说的"三千年未有之大变局",其实还在变动之中,并未彻底完结。从文明的意义上来讲,我们这个年纪的人自1960年代出生——我本人比海子大一岁,对此有着深切的同感。

与海子做同时代人是一件非常尴尬和惭愧的事。我常想他起那句诗,"我不得不和烈士和小丑走在同一道路上",我自问,我是谁?毫无疑问我不是烈士,那么是什么呢,那一定是小丑了。这不是谦虚,和一个真正的文化英雄相比,我觉得可以对自己有这样一个文化上的定位,这没关系。

我的意思是说,海子经历了完整的作为农业经验的童年记忆。所以,无论是他的抒情诗也好,长诗也好,都有一个底色,就是这个童年的乡村经验背景。你会看到"家园",看到"村庄",看到"周天子的雪山""中国的稻田"这样一些完整和巨大的词汇,当然还有"女神""村庄""马车",所有的农业时代的意象,这一切构成了一个总体性。我觉得我们所谓的文明转换,既是从农业文明向着现代社会现代文明转换，同时也是从总体性向着碎片化这样一个时代的转换。在海子的诗歌当中，我们可以看到最后的总体性，或者最后的农业文明的话语系统、符号系统，所有的美、所有的悲剧性、挽歌性、神性，都是建立在这样一个经验系统、话语系统与符号系统之上。

十几二十年前，当我读海子的《山楂树》，看到里面有一句"高大女神的自行车"，我当时对"自行车"这个词觉得很不能接受，这么美的一首诗出现了"自行车"，它好像一个"硬块"，硬性地嵌在农业文明的烛光或神性的霞光当中，这个"自行车"作为金属物存在，我觉得是不恰当的。然而现在我能接受了，因为我意识到，他是农业时代的最后一位诗人，又是工业时代的最初一位诗人，他如此使用词汇是恰切的。"自行车"这个词语也由硬块变成了他诗意的一部分，非常融洽和谐。

我们这个时代重要的诗人很多，从新文化运动以来的大诗人很多，但是真正具有文明意义的诗人，我觉得只有海子，仅此而已。今天来不及展开细说，但我可以告诉大家，我在课堂上做过一个实验：我让学生先诵读——高声齐诵屈原的《离骚》。《离骚》当然是中国古代最伟大的诗篇，也是最伟大的汉语样本，而且它和一个诗人的伟大人格是匹配的，屈原写下了《离骚》同时也离开了这个世界，他用他的生命抒写了这首诗。假设他写下了《离骚》还苟活于人世，那么他的诗就堪为一个骗局；但是他最终投江而死，离开了这污浊的世界，他用生命实践了他的伟大诗篇，那么他的诗与语言就不再是空话和大话，而成为被生命见证的不朽之作，他的人格实践的代价和他的诗篇是匹配的。当我们读《离骚》的时候，会感受到这种伟大神性的召唤，觉得亲近他的诗也亲近了他的人格。

之后，我再让学生高声齐诵李白的《将进酒》，虽然没有《离骚》那么大的形制，但也气场了得，堪称是汉语在中古时期的不朽样本。之后，我再让他们读海子的《祖国（或以梦为马）》，读完以后我问他们，你们觉得这几位诗人的语言、诗意和境界，可不可以放在一起？学生说"能"；我再问，那你们觉得，海子的《祖国（或以梦为马）》、李白的《将进酒》和屈原的《离骚》作为汉语，有没有脱节，学生说"没有脱节"；我再问，那么他们能比肩而立吗？学生说"能"。我说，"这可是你们说的，我可什么也没说"。

我让学生自己体验，让他们自己回答，而不强迫。得出的是这样的回答。

显然，当我们谈论诗人的地位或经典性的时候，是有尺度的，只是这个尺度经常会不一样。我在想，假如以一千年为尺度，中国历史上留下了谁呢？无非是屈原、李白、杜甫、曹雪芹，有没有陶渊明、白居易、苏轼还要商量；如果以五百年为尺度，肯定他们都在，还要再加上李商隐、辛弃疾。若以一千年为尺度，有时候新文学里都找不见人——鲁迅很伟大,但如果以一千年为尺度,他在不在呢,我也不敢说。那么假如海子的语言是可以跟李白的《将进酒》、屈原的《离骚》相提并论的,那么应该如何评价海子?你们来思考。我觉得海子的重要性不是我们可以判定的,我愿意说他是五百年为尺度的,但这无法证实,因为五百年以后我们早不在了。但是五百年以后的人如果评论我们这个时代,说那个时代的人对诗歌的理解力、对诗歌的看法,是很"low"的,或者很有问题的,他们居然没有理解他们那个时代出现的一个伟大的诗人。

这就是很尴尬的事了。在我看来,海子用他的这套符号系统、抒情方式、还有广阔的时空结构,充满神性的经验以及和广博的知识,建立了农业时代写作的最后的总体性。海子只活了二十几年,但是他的知识之广博——他对于基督教文明的理解、对于《圣经》的理解,对于世界历史的几大板块的理解,还有对 1980 年代初不为绝大多数人所知的那么多哲学著作的阅读——你读他的诗的时候,会对这一切感到震惊。他在艺术上跨界的领悟,比如对凡·高的理解——那时即便在艺术界,人们对凡·高的理解也还很不够,但是海子却视凡·高为他的兄弟,他的领悟方式显然超出了知识和逻辑的范畴。还有,他称荷马、但丁等为"诗歌之父"或者"王",称拜伦、雪莱这些浪漫主义诗人为"王子",等等,这些说法已经超越、融化了那个时代的具体经验,升华到了某种文明经验的高度。

他是农业时代的最后一位"抒情诗人",关于田园、种植、劳作、生殖、乡土社会中的悲欢离合与爱恨情仇,所能够书写的,他都书写完毕了,在他之后再想抒情,再想建构词语的确定性和总体性,基本没有任何可能。所以在海子之后,有很多模仿海子写乡土诗、写史诗的人,都没有成功。可以说海子完成了农业时代的写作,作为和李白、杜甫、陶渊明、苏轼,所有农业时代产生的伟大诗人一样,他终结了那个语言系统,完成了其美学价值。同时他又开启了下一个时代,一个思想性的、智性的、怪异的、庞杂的,必然也必须延续下去的另外一种写作。持续这种写作的诗人是很多的,大家在共同推动这个进程,但我认为从文明的意义上,只有海子的写作才构成了划时代意义。

1980 年代与海子"伟大诗歌"的构想

理解海子还有非常关键的一点,即他的诗歌观念与理想,是我们必须要注意的,这与 1980 年代的文化氛围有关。海子和 1980 年代中期以前的史诗与文化情结乃至运动之间,有密切的关系。无论是"非非主义",还是"整体主义",他们在 1980 年代前期,都提出过很多观点和概念,比如"前文化"的写作,即主张穿透语言当中的文化积淀,抵达词语的原始意义,由此在诗意上也抵达史前的境界或境地,破掉文化在历史当中形成的种种结构性的语义，希望能够共同创造属于中华文化的精髓或核心的史诗。这些想法受到刚刚介绍进来的结构主义的影响，也包含着 1980 年代特有的文化冲动。在这一背景下，文化寻根热、史诗写作热，对于人类学、宗教学、民俗学的研究都有很多，从写作实践的角度看，似乎成功的不多。尽管如此，这代诗人的努力是非常重要的。海子肯定也受到他们的启发和影响，据说他几次游历四川和西藏，都与这些有关。

1980 年代是一个风起云涌波澜壮阔、充满思想运动和诉求的时期，这个时期诗人的文化抱负都很大，这也意味着"最后的总体性"在他们身上的一种体现，他们希望能够通过"伟大诗歌"的构想来建立一个文本，海子是其中最典范的代表。他的诗论《诗学：一份提纲》中有一节叫作《伟大的诗歌》，其中有关"伟大的诗歌"与一般性的诗歌的不同，进行了阐述，这种写作是"主体人类突入原始力量的一次性的诗歌行动"。这个话非常难懂，但通俗地讲，就是要通过史诗的，或那些具有巨大包容量的材料，以集合性的文本——有诗剧的形式、有诗体小说，有歌队朗诵，有抒情性片段，等等，他是用了人类有史以来百科全书式的文体，来呈现他的这种对于本质性、原始性、史诗性和形而上学之物的理解；这种诗歌是真理的汇集，是超越一切文本之上的，具有"行动"意义的东西。这种创作，其结构的复杂和观念的复杂之间是匹配的，所以他说，"我写长诗总是迫不得已"，他就是要实现他的伟大构想、作为"文化英雄"的一种实验,写出一个难以想象的"超文本"。

怎么理解这个东西,需要花费很大的力气,我只能试图简单地说一下。当我们说"诗"的时候,有多个范畴:一是"关于诗的最高理念";二是"关于诗的古往今来最伟大的经典"文本;三是指"所有诗的总和";四是"关于诗的所有写法"、关于诗的理解;五是指"某个单个的文本"。海子的"伟大诗歌"则是包罗一切,还要再加上"人"即创作者的"一次性的行动",所以这注定是一个悖论——这个"伟大诗歌"具有不可完成性。所以我们说他是"旧时代的最后一个诗人,新时代的最初一位诗人",其中也包含了这个逻辑。古典时期有没有伟大诗人完成"总体性意义上的诗"呢?某种意义上是有的,比如荷马的《荷马史诗》、但丁的《神曲》、歌德的《浮士德》,中国因为某种特殊性,古代没有超长的单个文本,但是我们有很大的叙事构造比如《红楼梦》,我们也可以认为是一首伟大的诗。

海子希望写出超文本,写出总体性意义上的伟大诗歌,但是某种意义上这又是无法完成的,在现代的条件下。当我们读他的长诗的时候,应该设定这样一个前提,即,既要理解海子伟大诗歌的抱负,伟大诗歌的理念,但是一定要设定伟大诗歌具有不可完成性这样一个前提,是人不能完成的,除非他是神。所以海子是自我设定了一个困难的逻辑,他必须完成"从人向神"的一个过程,这中间有半神、先知、祭司、英雄等过渡性的角色。我觉得他的死，虽然也有种种具体的原因，但这个自我设定的逻辑则是一个根本背景。这个话很难说得清楚明白，有人说他的死是一种"献祭"，这个有点玄了，但要沾这个伟大诗歌的边儿，无法不涉及这类话题。

由此我们就必须设定另一个话题，即"伟大诗歌的不可解读性"，这是讲海子诗歌——主要是长诗的时候的一个的前提。当我们读他的长诗的时候，一定要设定这两个前提：一是写作上的不可完成性，二是阅读上的不可解读性。当设定了这两个前提的时候，我们就能够接受其中的所有问题，也就能够进入他的诗歌文本中去感受他的魅力，他广阔的架构，他巨大的思想和抱负，以及伟大语言的创造；同时又知道这一切的限度，这是人向着神去接近的时候非常危险的倾向，和希腊神话中"法厄同的悲剧"是一样的。法厄同是天父与人混血的儿子，他试图接近天父，要驾着天父的马车从天上走一遍，结果他因为无限接近太阳，而被他的热力给烤煳了，他死于这样一场伟大的举动。对于海子来讲，我觉得他和伟大诗歌之间存在着这样一个关系，这属于精神现象学意义上的讨论，说起来有点玄，应该用书面语来表达，我不知道用口语是不是能讲清楚，希望这个道理大致上讲清楚了。

其他方面都是可以顺着这个思路去理解和领会的，在课堂上讲海子的时候我都分成这样一些问题，我先把前提讲清楚，然后我们就开始讲海子的若干个维度或侧面。他的田园与乡村书写充满了挽歌意味，他把离开故乡、童年的经验、对于神性世界的想象，融合、重叠在一起，非常美丽且令人伤怀。但这个跟那个时期的"交通不便"有关，我去海子家乡的时候曾专门看过他故乡的道路，那时他先步行十几里地到镇子上乘坐汽车，然后转长途汽车，再转火车，历时两三天才能到北京，如今从安庆坐飞机，当天都可以来回。所有诗意都是因为空间上的延宕造成的，从特洛伊到希腊的距离，现在坐飞机一个小时，或是轮船几个小时就到了，但是《荷马史诗》里面，主人公奥德修斯却在海上漂泊了十年。这个遥远的距离是荷马传奇讲述的基础，也是海子抒情的基础。所以这些诗我们读起来才会有感觉：很伤感、很遥远、很苍茫，也很美。

还有他的爱情诗，我们原来对海子的爱情诗并不是特别重视。后来集中阅读了他 1985 年到 1986 年这一阶段的诗，我确定他有过一场轰轰烈烈的恋爱。他和那个女孩子介入对方的生活是很深刻的，而且他有些诗写"身体性"是很强的，说得直接一点，他写的诗都是充满了身体隐喻的。就这点我请教过西川，我问他，你确定海子有过一场真正的恋爱吗？他说那当然。我非常欣慰。我觉得他写的那些诗，使他的诗歌世界有了一丝温暖的亮色和世俗性，有了体温的那种感觉。我专门写过一篇文章，题目叫"雨和森林的新娘睡在河水两岸——海子诗歌中的情色隐喻"，是用了他的一句很有身体隐喻意味的诗做了题目。他的爱情诗是很有质感的，极美，含义丰富，但也极为"干净"，后来"身体写作"在多年以后，在1990年代被人提出来，成为一个现象。但身体写作的最美的文本，依我看还是在海子那儿，海子也是身体写作的先驱和范本。

"只有伟大的精神病患者才能看见世界的本源"

海子作为精神现象学的案例，他的大量诗歌跟他的忧郁症有关系，这些谈起来就更为复杂了。

为了做一个研究，我在十年前曾带学生去过昌平的北京第三福利院，那里曾是诗人食指多年住过的一个医院。我们挑选了十个有文学背景的精神病患者，对他们做了一年多的观察和研究，收获特别多，觉得很有意思。诗歌作为一种精神现象是我们需要正视的，原来当笑话来谈这个事是不对的。存在主义哲学家雅斯贝斯甚至为他们辩护说，"寻常人只看见世界的表象，而只有伟大的精神病患者才能看见世界的本源"。我觉得他说得很对。诗歌在古希腊源于酒神节，酒神节就是人们喝醉后一种"拟疯狂"或者叫"佯狂"的状态，所以酒神在西方被认为和诗神缪斯在一起，酒神节也是所有艺术的温床或诞生的机会。尼采后来在《悲剧的诞生》里也重述了这个问题。

在莎士比亚的《哈姆莱特》里面，哈姆莱特装疯之前只能说出世俗的话语，普通人的话语，但是装疯之后，他说出的就变成了诗和哲学的话语："生存还是毁灭，这是个值得考虑的问题"，"是徒然忍受命运的暴虐的毒箭，忍受人世那无涯的苦难，还是挺身反抗……"他的语言出现了修辞的癫狂和大量的冗余。通俗地说，他"不好好说话"了，这时候也就意味着他进入了诗歌的状态或者哲学思维的状态，哲学和诗又是邻居，诗和酒神和疯癫又有某种暗通款曲的内在联系。因此雅斯贝斯所说的"只有伟大的精神病患者才能看到世界的本源"我觉得是有道理的，他是以荷尔德林作为阐释对象，而海子也是特别推崇荷尔德林。

我觉得1980年代中国的诗人、知识界，还没有一个人真正能够从精神现象学的意义上理解荷尔德林；能够在这个深度上领悟荷尔德林的只有海子。雅斯贝斯和更早的海德格尔，他们在荷尔德林去世将近一百年之后把他翻出来，推崇他，给予他崇高荣誉，都是从诗与酒神、诗与精神现象学之间的紧密关系上来阐释他的，对这个话题他们有更深刻的理解和更到位的领悟。

所以我们如果循着这个角度进入海子的诗歌，就会觉得他的很多文本，充满了一种超世俗的召唤，有神性的内涵。我们就不再仅仅说他"因为练气功而出现了幻视幻听"，我觉得某种意义上这还是一种召唤——那些通灵的原始力量的召唤。同时再加上他个人独有的气质，他的诗歌就具有某些超越性的因素。当然，我们也应该清楚，这会带来负面的东西，就是对身体的伤害也是非常明显的。

海子在临死前提到了两个人，他认为他们参与了对他的谋害——"孙科与常远"，我相信这两个人在现实生活中不一定与海子有什么关系，但他产生了强烈的联想，从病理学上讲它当然是一个问题或者病象，但是从另一方面讲，海子"伟大诗歌"的写作理想和他出现的精神上的非常态之间是有复杂关系的。这个问题如果理解不到位，也没法读懂海子，你也不可能把它真正作为精神现象学的命题讲清楚。这一点我们可以通过文本细读来解决这个问题，因为海子有大量的诗歌是忧郁症和幻想症的诗篇："天空一无所有，为何给我安慰（《黑夜的献诗》）"；"就剩这一个，最后一个／这是黑夜的儿子，沉浸于冬天，倾心死亡／不能自拔，热爱着空虚而寒冷的乡村"（《春天，十个海子》）。所有这一切，都是他诗歌的一部分。还有很多文化学民俗学的侧面，我就不想展开了，在海子和杨炼的文化诗歌之间也有一种质异和互文关系，他和整体主义的史诗写作之间也有一种超越关系，他和1980年代大量的诗歌现象中有复杂的纠结，这些从文学史的角度必须搞明白。

海子的语言是极具有穿透力的，他可能是我们这个时代所有杰出诗人都无法匹敌的。"诗有别材，非关书也，诗有别趣，非关理也"，这是宋代严羽的《沧浪诗话》中的名言。诗歌的迷人属性，有时候是讲不清楚的，和学术的理性的东西没有什么关系。有思想有学问和写出伟大的诗篇，是两种才华。我们这个时代，越来越多的是用思想和经验去写作，但是从精神的意义上、从天才的意义上、从文明的意义上，我们却离那个不可返回的不可逆的时代越来越远。从这个意义上，我还是为我们这个时代庆幸，在农业文明行将消失的时候，我们还有一个海子，为我们留下了伟大的诗篇。

后　记

其实这个后记已经没有必要。

要说的话，在前面都说了，只是成文之际，忽想起了几年前做的一个梦。那是因为讲课需要，有段时间集中重温了海子的诗，有点心神恍惚所致。

记得梦中我来到位于昌平的中国政法大学校园，去敲海子当年那一间屋子的门，出来的居然是一位中年妇女。她问我，你找谁？我说找海子，她带我走出楼道，指着东北方向的田野——其实也看不见什么田野，说，他应该在那一片住，你去问问吧。

接下来的情景自然是乱七八糟，我像是骑在自行车上，路太远，脚下有时又软得迈不开步。周遭变得一片荒凉，拐了个弯，又像是仍在校园之中的路上，恍惚间还觉得有年轻的女人一起同行，也是骑在自行车上。遂想，也许她们就是海子诗中的女孩，"四姐妹"中的一两个？

我摇摇晃晃走在田间小路上，最后看见了一座麦地中的坟丘。麦苗青青，坟堆仿佛高出湖面一小块，像是绿湖中的一座岛屿。不远处还有一片柳树林，一堆麻雀在那里叽喳叫着。土地暄软，我走在其中，感觉深一脚浅一脚的。

四姐妹不见了，我独自朝那座坟墓走过去。坟堆孤零零的，四周一片寂静，田野里没有人，只有风。我看到麦子如潮水，也像海子那浓密的胡须，已经漫上了那小小的坟包。坟头上有一穗麦子，早于季节中其他的麦子，橙黄色的，仿佛已经成熟，在风中摇晃着。那不就是海子诗中所说的——那"一颗空气中的麦子"么？

我忽然想，四姐妹为什么没有来？她们为什么中途消失了，为什么没有人抱住这空气中的麦子，抱住那个曾深爱着她们的人的身体？我蹲下身来，抓了一把麦地中的泥土，小心地将它们撒到坟头上，以免那一颗孤单的麦子被风吹走，或吹断。

随后梦就结束了。我奇怪自己为什么会有这样的梦，必定是他的诗在作怪。

对我而言，海子完全是陌生人。因为我与他没有任何交集，这个梦境只是他的诗给我的"想象的剩余"罢。

但我忽然意识到,它或许帮我想清楚了一些事,给了理解海子和他的诗歌的一些方法。

比如他最后的那个春天,那个"沉浸于冬天,倾心死亡,不能自拔"的春天,在他的内心中,究竟发生了什么?

这种设问,绝对不是从"实证"意义上的发问,只是一个读者的无意识。我料想,一个人在死前,一定有愿望想见一见他所惦记的人,这是正常的心态。从二月到三月,他写到了故乡和亲人,写到了四姐妹,出现最多的景象是黑夜,黎明,大海,太平洋,最多的题目是"献诗"。确乎是牵挂和试图了断的一个过程,一个给自己的身后做各种设想和处置的过程,包括对"死亡情境"的具体的和无意识的想定。

他一定经历了长时间的心理活动。他希望见到他爱过的人,但并没有任何如愿以偿和喜出望外。随后他接受了,"火回到火,黑夜回到黑夜,永恒回到永恒"。但他依然在潜意识中留有幻想:他想,那一天她们必定会闻讯赶来,会在他的坟前痛哭……想到这里,他的心中有了一丝安慰。

这是不是他最后的心理活动?至少会有这样一个片段,我想。他因此与传统意义上的那些"临终之思"不同,他是现代意义上的诗人,一个真正的存在主义者。他所惦记的,不是古典意义上的那种自我人格的完成。

这完全是笔者的无意识联想。但海子的诗确乎给人以活跃的无意识，这是他仍然活着，他的诗还在不断生长的一个明证。

这表明，他的诗不同于任何人，他是海子。

我在想，若无意外，"四姐妹"都应还活着，那么她们在做什么呢？想必她们都已是儿孙绕膝，接近或是已然退休，或许正在世界各地旅行，抑或是在广场上扭秧歌，跳健身舞。

还会有别的什么可能么？这不就是生活，生命，生存的全部结果和事实么？那些诗歌中的浪漫与交集，欢欣与悲伤，那穿越宇宙与亘古的壮丽想象，最终都要交与岁月的耗散与衰老。她们也终将老去。

这就是人生，就是诗歌本身，"大风从东刮到西，从北刮到南，无视黑夜和黎明"。海子以他二十五岁的年纪，就将这些生死的大道，都摸得门儿清了。

因此，我不希望有关海子的研究变成一个纯粹学术的问题，因为学术是解决不了他所关心的那些问题的，只能是一个哲学问题，一个心灵问题，一个属于诗和命运的问题，甚至是属于梦境和无意识的问题。我希望我所做的，没有舍本求末。

仿佛那个梦境还在继续，我在这个春日来到了昌平，来到了那片麦地。尽管我知道海子的墓地是在他故乡的麦田里，但这里依然有他的气息和痕迹。那时我仿佛看到了那个在黑夜里的人,看到他"头枕卷册和神州",在黑夜里遐思的样子。

他依然是孤独的。

去岁末,我第一次到安徽怀宁,到海子故乡参加第四届海子诗歌奖的颁奖仪式,切近地感知到那块曾养育了他的土地——他诗歌中的麦地。那曾堆积着谷物,收藏着岁月,深埋着死者,养育着生者的麦地。

那里接近于平原的地貌,广大而微微起伏着,山峦只在远处隐约错落,田野旷远而寥廓,时值冬日,确乎更易令人遐想和悲伤。

但这就是属于海子的土地,他那庞大的诗歌世界的原型,或出发地,与他诗歌中的土地形构如此贴切一致。由此我想,所谓诗人,就是忠于土地的人子,他只需诚实地记录,传递这古老土地的启示。

海子正是忠于这土地,以文字呈现了她全部的记忆和信息。他行走于大地之上,视所有人为亲人,但他又是所有人的陌生人。

那时我又看见了他的母亲,她那八十多岁的衰老而羸弱的身躯。她站在她村庄的老屋门前,仿佛倚门而望,等待儿子归来的样子。

几年前，我亦曾见到过这位母亲，令我吃惊的是，她不只是那么慈祥，居然还可以背诵她儿子的很多诗篇。当她朗诵他的《祖国（或以梦为马）》的时候，我看到很多人眼里噙满了泪水。尽管那方言中充满了含混，但我相信那就是这首诗最原始的版本。

末了，我想照录一遍我为这位母亲写的一首诗，叫作《素描——致海子母亲》，以作为这个后记的结尾：

那衰老和羸弱的躯体里曾孕育了——
语言的太阳，烈火的肇始。是的
这是奇迹，是谜。你看到了那旷远平原上的
这个矮小的身影，这已燃至暮年的

正于风中摇晃的蜡烛。她
从祖居的老屋来到那麦地中的坟茔
共约两华里的路，且需要越来越慢
越来越蹒跚的步履。仿佛道路也会消失：
它在人间的部分愈发模糊，在天堂的部分

则愈发清晰。此刻，她满含慈祥的眼睛
让另一个无关紧要的儿子眼含热泪

八十岁中，有三十岁是活在未亡人的痛楚里

这苦难的女儿，如今依然有与生俱来的

骄傲表情。此刻我的问题是

麦地的中年，是如何在绝望中走到了

这个早晨，如何在初春的雷声中守住了

那渐入深冬的凄风苦雨。从她含糊的口音里

我正努力理解，这世界最残酷的诗意

是的，这是这世界上最残酷的、最令人百感交集的诗意。

2020 年 3 月 20 日，北京清河居